Paul Baldauf

Die dreitägige Finsternis

Bestelladresse für Deutschland:
Mediatrix-Verlag, D-84503 Altötting, Kapuzinerstraße 7.

Bestelladresse für Österreich:
Mediatrix-Verlag, A-3423 St. Andrä-Wördern, Gloriette 5.
www.mediatrix.at

Layout und Grafik:
www.creativstudios.at

Fotografie und Bildbearbeitung:
Buchcover und Umschlagseite 2, Brücke von San Francisco:
Claus Breitfeld, Madrid, www.clausb.net

ISBN 978 3 942173 04 9

1. Auflage 2012

Alle Rechte bei:

Mediatrix-Verlag
D-84503 Altötting, Kapuzinerstraße 7

Paul Baldauf

Die dreitägige Finsternis

Mediatrix-Verlag

D-84503 Altötting, Kapuzinerstraße 7

Vorwort

Warum gibt es so viele Unheilspropheten und kaum einen, der etwas Erfreuliches vorhersagte? Weil wir zwar in der Zeit des Heils leben, das uns Christus gebracht hat, uns dessen jedoch meist unwürdig erweisen und damit all das Unheil über uns bringen, von dem die Weltgeschichte voll ist: Diktatur, Tyrannei, Krieg und Revolution. Vor allem aber, weil ja alle Geschichte am Ende auf das Jüngste Gericht zugeht. Man muss allerdings auch berücksichtigen, dass keineswegs alles Unheil, das uns von Sehern und Propheten vorhergesagt wird, gleich das Ende der Welt bedeutet.

Eines dieser Ereignisse wird eine dreitägige Finsternis sein, während der nicht allein die Sonne nicht mehr scheinen, sondern auch jede andere Energiequelle ausfallen wird, vor allem die Elektrizität, auf die wir so dringend angewiesen sind. Nur geweihte Kerzen werden dann noch brennen. – Das hat in ähnlicher Weise eine ganze Reihe von Sehern, darunter von der Kirche anerkannte Heilige, vorausgesagt: der hl. Pater Pio (1887-1968), der hl. Gaspar del Bufalo (1786-1837), die Ordensfrau Maria Lataste aus Rennes (1822-1847), die stigmatisierte Palma Maria d´Oria (1825-1872), die ebenfalls stigmatisierte Anna Henle aus Aichstetten in Oberschwaben (1871-1950), die Seherin Maria Graf-Sutter aus Appenzell (1906-1964), die sel. Anna Maria Taigi aus Rom (1769-1837), deren Offenbarungstext im Anhang auf Seite 94 abgedruckt ist.

Nun fällt es vielen Leuten trotzdem schwer, an solche Dinge zu glauben. Sie denken: Es wird schon nicht so schlimm werden! – Um dieser Selbsttäuschung zu entgehen, hat sich der Autor Paul Baldauf vorgestellt, die drei finsteren Tage seien bereits eingetreten. Der Leser erlebt, wie in den verschiedenen Ländern plötzlich in den Alltag der Menschen in den Städten das Unheil hereinbricht. Dem Leser muss natürlich klar sein, dass der Autor keine Reportage künftiger Ereignisse geben kann und dass manche seiner Vorstellungen subjektiv und spekulativ sind. Nicht alles wird während der dreitägigen Finsternis vielleicht genau so ablaufen, wie er es schildert, aber alle, die dieses Buch lesen, könnten dadurch zu einer heilsamen Wachsamkeit angeregt werden.

Übrigens ist das Wachen und Beten für uns immer wichtig, ob wir die dreitägige Finsternis erleben oder nicht! Der Tod kann uns eines

Tages völlig überraschend treffen, also sollten wir immer bereit sein! Und schon ohne diese dreitägige Finsternis gibt es für viele Menschen immer wieder Naturkatastrophen (z. B. Erdbeben), die in einem bestimmten Maß Horrorszenarien wie die im Buch beschriebenen zur Folge haben können (Steckenbleiben im Aufzug ohne Möglichkeit, zu entkommen; ein Ende mit Schrecken auf dem Riesenrad usw.)

Dieses Buch möchte den Leser aufrütteln.

+ + + + + + +

Danksagung

Mein Dank gilt dem Fotografen Claus Breitfeld (Madrid) für wunderbare Fotos und Bildbearbeitung, Frau Wanderer von creativ I studios in Wien für ihre Hilfe mit Bilddateien. Ich danke Haewon Lee, einer guten Freundin aus Seoul/Südkorea (jetzt London, Ontario, Canada) und dem Koreanischen Fremdenverkehrsamt in Frankfurt für ihre Hilfe mit Übersetzungen ins bzw. aus dem Koreanischen.

Paul Baldauf

Inhaltsverzeichnis

Wenn du nach San Francisco fährst	7
Die ersten Tage der Bekanntschaft mit John	9
In jener Nacht	13
Schreie in der Nacht	15
Grace, schau nicht hin!	18
Die erste Nacht	23
Malta, Valletta	24
Verschwinde, verdammter Dämon!	32
Dieses Heulen des Sturmes...	36
London	38
Sieh mal, die Lichter!	41
Our father in heaven	49
Schau nicht hinaus, Lucy!	51
Malta, Valletta - Oh, Michael...	51
Paris	53
Die Stimme des Erzbischofs	55
Seoul / Südkorea	56
Wie lautlos der Aufzug	59
Es klingt nach Sturm	61
Kuba, Havanna	66
Mexico City	68
Basilica de Guadalupe	69
Jerusalem (ha'kotel ha'ma'arawi - Die Klagemauer)	70
San Francisco	75
Stimmen in der Nacht	76
Vatikan	78
Warten Sie	80
Holland	82
Rom	85
San Francisco – Verbergt euch in einem Haus	87
Und es erschien eine große Stadt	88
Frankfurt am Main	91
Die dritte Nacht	91
Nachwort von E. J. Huber	93
Sel. Anna Maria Taigi	94
Seher, die eine dreitägige Finsternis ankündigen	95
Die dreitägige Finsternis	96

Wenn du nach San Francisco fährst...

Grace lehnte sich leicht nach vorn und schaute vom Balkon aus in die Weite.

Einfach herrlich! *Welch* ein Ausblick! San Francisco…Nun wohnte sie also hier, in einer mittelgroßen Weltstadt an der Westküste. Von hier oben, von Johns kleinem Apartment aus, konnte man sogar die weltberühmte *Golden Gate Bridge* sehen. Segelschiffe glitten so langsam und ruhig über das Wasser, sie schienen fast stillzustehen. Was hatte er über die *Golden Gate* noch gesagt: 'Ein Monument für die Ewigkeit.'

Große Worte. Obwohl…, eigentlich hatte er recht. *Welch* ein Bauwerk! Ein Weltwunder. *Unglaublich*, wozu Menschen fähig waren: So eine gewaltige Brücke zu konstruieren, sie aufzurichten und ihr, bei all ihrem ästhetischen Reiz, eine so ungeheure Tragfähigkeit zu verleihen. Sie versuchte, sich die unzähligen Autos vorzustellen, die täglich über die Brücke fahren und dies seit Jahrzehnten. Wie clever mussten diese Ingenieure und Statiker sein, dass sie alles genau vorausberechnen konnten. Ihre Kalkulation ging auf. Ob es hell oder dunkel war, regnete oder schneite, warm oder kalt war, die *Golden Gate Bridge* stand da, sie ragte mit ihren Pylonen (Brückenpfeilern) unter dem Himmel hoch auf, sie spannte sich kilometerweit aus, ein Anblick, an dem sie sich nicht sattsehen konnte. John hatte ihr vom Alltag der Arbeiter erzählt, die, einen Helm auf dem Kopf, immer wieder in Schwindel erregender Höhe von Rost angefressene Stellen ausbessern mussten. Ihr schauderte bei der Vorstellung. Aber John hatte sie beruhigt. Die Techniker und Verantwortlichen hatten alles im Griff, die Arbeiter waren gut gesichert. Es war nicht mehr so wie früher, wo eine Reihe von Arbeitern in die Tiefe gestürzt und mehrere nur durch Netze dem Tod entgangen waren. Sie erinnerte sich wieder vage an die Erklärungsversuche ihres Freundes über *Widerlager, Hänger* und *Fundamente*, über *Druckkraft, Zugspannung* und *Hauptkabel*.

Du meine Güte! *Er* konnte sich dabei vermutlich etwas vorstellen, aber ihr reichte der Anblick und das Wissen, dass man gefahrlos von einem Ende zum anderen fahren konnte. Überrascht war sie, als John ihr erklärte, dass es sogar Fußwege über die Brücke gibt, die man allerdings nur tagsüber betreten darf. Dieser Tage wollte er sie dort hinführen und mit ihr von einem Ende der Brücke zum anderen spazieren. Sie war jetzt schon ganz aufgeregt bei der Vorstellung. Zu Fuß…, während auf den Fahrspuren schwere oder elegante Schlitten mit offenem Verdeck vorbeifahren. Vielleicht wird er mich wieder an der Hand nehmen, dachte sie. Ach, es geht ein so gutes Gefühl von Sicherheit von ihm aus.

Grace dachte für einen Moment an ihre bescheidene Herkunft aus einer amerikanischen Kleinstadt, einem richtigen Kaff, in dem es neben einem ganz gewöhnlichen Pub, einem Unterhaltungszentrum mit Bowlingbahn nicht viel gab. Nun aber lebte sie hier, in Kalifornien, in einer Stadt und Region, um die sie viele ihrer zurückgebliebenen Freunde beneideten. Wie gut war es doch, dass es ihr gelungen war, in San Francisco, das auch *Belle of the Bay* (die Schöne der Bucht) genannt wurde, einen Studienplatz zu finden. Allein schon das Klima tat ihr gut. Wie dankbar war sie, dass ihre Eltern sie unterstützten. Ein neuer Anfang in völlig neuer Umgebung. *Wie langweilig war es mir oft früher und nun: Oh, das Leben nimmt eine so gute Wendung…* Während ihr ein bekanntes Lied über Kalifornien durch den Kopf ging und sie in noch bessere Stimmung versetzte, dachte sie an John, ihren Freund, dem sie kurz nach ihrer Ankunft in dieser Stadt begegnet war. Hatte er, mit dem sie in einem kleinen Straßencafé ins Gespräch gekommen war, ihr an jenem Tag vielleicht angesehen, dass sie sich in der großen City noch etwas verloren vorkam? Sie erinnerte sich wieder, wie er ihr die vielen *hills* (Hügel) zeigte, die für die Metropole so typisch waren. Sie sah es wieder vor sich, wie er sie in der *California Street* auf einmal an der Hand genommen und mit ihr in einen *cable car* (Kabelstraßenbahn) eingestiegen war. Dabei war ihre kleine und zarte Hand in seiner großen Hand fast verschwunden. Wie aufregend und schön war die erste Fahrt. Sie spürte jetzt noch den angenehm warmen und milden Wind, der über ihre Haut gestrichen war.

Gar nicht auszudenken, wenn man alle diese auf- und absteigenden Hügel zu Fuß bewältigen müsste…Grace erinnerte sich wieder an den stämmigen Mann, der in einem dieser *cable cars* den Steuerhebel bediente. Wie ernst und beinahe feierlich er aussah…Dabei hatte er sich mit einem bärtigen Mann, dem Bremser, mittels eines Seilsystems mit Glocken verständigt. Eine originelle Idee. Die beiden waren so wachsam, dass man ganz beruhigt sein konnte, auch wenn die Neigung der Straße zuweilen beträchtlich war.

Die ersten Tage der Bekanntschaft mit John…

Was hatte er ihr nicht alles gezeigt: Die *Old Saint Mary's Cathedral*, den Wolkenkratzer *Transamerica Pyramid*, der mit seinen 48 Stockwerken und seiner eigenartigen Bauform gleichsam in die Skyline hinein zu stechen schien, den Pier 39 mit seinen Souvenirläden und Restaurants. Hier gab es Wolkenkratzer und Türme, wie sie diese vorher nur von Fernsehbildern oder Fotos kannte. Wenn sie da an die kleinen, wie geduckt aussehenden Häuser in ihrem verschlafenen Heimatnest dachte, in dem fast nie etwas los war… Und dann, als Krönung des Tages, der überwältigende Panoramablick vom oberen Ende der *Lombard Street*. Als 'Mädchen vom Land' war sie aus dem Staunen nicht mehr herausgekommen. Ach, nun lagen Jahre des Studiums vor ihr…Die Freundschaft mit John wird sich sicher vertiefen, vielleicht in Heirat und Kinder münden…Ihr war, als zeichne sich ein Plan ihres Lebens ab, und sie sah sich schon mit Mann und Kind durch ruhige Viertel San Franciscos flanieren, während die Sonne sie alle gleichsam in einen warmen Mantel hüllen würde…Grace warf noch einen Blick in die Weite. Sie ließ die gewaltige und zugleich elegante Brücke mit ihrer unverwechselbaren Form und der wunderbar roten Farbe auf sich wirken. Es sah noch schöner aus als auf den vielen Hochglanzpostkarten mit diesem Wahrzeichen, die Touristen nach Hause schickten. Dann sog sie noch einmal die vom Meer her kommende frische Luft ein. Sie schloss kurz die Augen. *Hier möchte ich bleiben, hier werde ich bleiben, für immer.* Sie drehte sich langsam um und ging wieder in die Wohnung.

John hatte sie nur kurz verlassen, um einige Freunde abzuholen, mit denen sie gleich Johns Geburtstag nachfeiern wollten. Wie rücksichtsvoll er ist, dachte sie. Ich wollte ihm doch beim Einkaufen helfen, aber er meinte nur: 'Ich mach das schon, ruh dich aus.' Sicher schleppt er sich jetzt mit einem Stapel von Tüten ab. Sie setzte sich auf das Sofa und machte es sich bequem. Sie zog einen Taschenspiegel und eine kleine Bürste aus ihrer Handtasche und kämmte sich noch einmal. Der angenehme Wind hatte ihr doch glatt ein paar Strähnen verschoben. Während sie ihr Haar neu justierte, dachte sie, wie wohl Johns Freunde sein würden. Heute wollte er sie ihr zum ersten Mal vorstellen. Grace spürte, wie sie ein wenig aufgeregt war. Was sie wohl von mir denken werden? Hoffentlich gefalle ich ihnen und der Abend verläuft harmonisch. Abend?

Vermutlich wird es sich bis in die Nacht hinziehen. Aber John wird mich bis zu meinem *homestay* (Aufenthalt in einer Gastfamilie) fahren, er hat es mir versprochen.

Grace war froh über diese Bleibe für den Anfang bei Verwandten ihres Vaters. Von diesem Stützpunkt aus werde ich mich dann langsam auf die Suche nach einer anderen Unterkunft begeben. Ein Schritt nach dem anderen, es wird alles gut gehen. Sie warf einen Blick auf ihre Bluse und Hose. Sehe ich gut aus? Ja, ich glaube, ich kann mich sehen lassen. Wie, sagte er noch, heißen die beiden? *Abigail und Aiden?* Sie war froh, dass sie nur zu viert sein würden. Wie John ihr erklärt hatte, feierte er stets in Etappen. Grace schmunzelte.

Eine seltsame Idee: An einem Tag mit zwei Freunden und an einem anderen mit zwei weiteren? Wenn er viele Freunde hat, kann sich das ganz schön hinziehen. Wenn sie sich recht erinnerte, studierten die beiden. Vielleicht finde ich ja heute schon neue Freunde in San Francisco…Was für ein Glück, dass ich John getroffen habe, was für ein Glück, dass ich hier bin. Plötzlich klingelte es. Grace strich ihr Haar glatt, setzte ihre freundlichste Miene auf und schritt beherzt zur Tür. Sie schaute durch ein Guckloch, erkannte John und lachte hell auf. So wie sie es vorausgesehen hatte, kämpfte er mit einer ganzen Reihe von Tüten. Sie nahm ihm einen Teil ab, und gemeinsam gingen sie in die Küche.

Eine halbe Stunde später saßen sie mit Abigail und Aiden gemütlich zusammen. John öffnete fachmännisch die zweite Flasche Sekt. Er füllte der Reihe nach jedes Glas. Grace amüsierte sich insgeheim über den

Akzent, mit dem Johns Freunde sprachen. Abigail stammte ursprünglich aus *Tennessee*, Aiden aus *Michigan*. Für Grace klang es etwas lustig, wie Abigail sprach, aber sie ließ sich nichts anmerken. Der Akzent von Aiden hingegen war ihr recht angenehm. Wie wohl mein Akzent auf sie wirkt? Mitten in diese Überlegung drang Abigails Stimme:

„Warst du schon in einem der Museen hier? Wenn nicht, können wir sie dir zeigen. Wie wäre es, wenn wir uns einmal alle zusammen verabreden. Was meint ihr?"

Aiden und John stimmten sofort zu.

„Eine gute Idee" gab Grace dankbar zurück.

„Es gibt hier so viele Museen", fiel Aiden ein, „ein Mexikanisches Museum, eines über Asiatische Kunst, das *Exploratorium* und und und."

„Auf der Insel *Alcatraz*", ergänzte Abigail, „gibt es auch ein interessantes Museum über die Geschichte der Insel. Wir können bequem mit der Fähre hinfahren und unterwegs eine Brise Wind genießen."

„Es ist schon unglaublich, was man hier alles machen kann", kommentierte John, „hier wird es dir so schnell nicht langweilig werden."

"Hey", meinte nun Abigail, „du musst auch unbedingt die *Painted Ladies* sehen!"

Grace sah sie groß an: „Painted ladies?"

„Es sind keine angemalten Frauen" erklärte Aiden, „sondern Straßen am *Alamo Square*. Hinter den stilvollen Häusern ragt die Skyline auf. Der fantastische Anblick wird dir den Atem verschlagen. Alles sehr historisch: Schöne Fassaden, da würde ich auch gern wohnen."

John ging in die kleine Küche und kam mit einer weiteren Tüte Chips zurück. Abigail ergriff sie, riss sie auf und ließ den Inhalt in eine große Glasschüssel fallen. John schritt zur Balkontür und öffnete sie leicht.

„Du lebst gut hier oben" meinte Abigail. Sie leerte ihr Glas und fügte hinzu:

„Für die Aussicht solltest du Eintritt verlangen."

Aiden meinte trocken: „Auch eine Geschäftsidee. Gut, dass ich dann vorher nochmals da war."

John bewegte sich in die andere Ecke des Raumes. Er ging in die Hocke und drückte eine Taste. Eine unverwechselbare Melodie erklang:

'If you're going to San Francisco, be sure to wear some flowers in your hair, if you're going to San Francisco, you're gonna meet some gentle people there'
(Wenn du nach San Francisco fährst, vergiss nicht, dir Blumen in die Haare zu stecken. Wenn du nach San Francisco fährst, wirst du nette Leute treffen).

„Von Scott McKenzie", bemerkte Aiden mit Kennerblick. Der Anfang des Liedes hallte leise durch den Raum. Oh, ja, sinnierte Grace, nette Leute…, das Lied ist stimmig. Sie schloss für einen Moment die Augen und träumte vor sich hin.

„Nicht schlafen!" rief Abigail scherzhaft. Grace zuckte zusammen. Das Gelächter von Aiden verebbte langsam, wie ein müde werdendes Echo. Grace gefiel es, dass John ernster war. Seine Ruhe tat ihr gut. Er plapperte nicht einfach drauflos wie fließendes Wasser.

Stunden später war es draußen bereits recht dunkel geworden, obwohl aus so vielen Häusern und Gebäuden der Stadt Lichter drangen. Abigail wischte Staub von ihrer intellektuell wirkenden Brille und Aiden fuhr sich mit einer Hand über seinen Bürstenhaarschnitt.

„Es war schön, dich zu treffen" sagte Abigail und drückte Grace an sich. Diese überlegte kurz, ob Abigails Stimme sehr überzeugend geklungen hatte. Da hörte sie Aiden:

„Wir machen etwas aus. John, gib uns Bescheid, wann es euch passt. Wir sehen uns bestimmt bald. Mach's gut, Kleines."

Grace stutzte einen Moment und fragte sich, ob sie den Ausdruck *Kleines* durchgehen lassen konnte. Aber, dachte sie, ich bin ja wirklich nicht groß, war bestimmt nett gemeint. Abigail fiel John um den Hals, „rückwirkend nochmals alles Gute, war schön, der Abend!"

Dann brachen Aiden und Abigail auf, jeder in eine andere Richtung der Stadt.

John machte eine Handbewegung und Grace folgte ihm noch einmal auf den Balkon.

„Wie spät ist es eigentlich?"

Ihr Freund hielt seine Uhr näher.

„Oh", entfuhr es ihr.

Sie sahen noch einmal in die Weite.

„Komm, mach dich fertig. Wir brechen auf. Ich bring dich zu deinen Leuten."

Grace nickte und suchte ihre Sachen zusammen.

„Wir werden schon irgendwie hinkommen", meinte er.

„Du hast kein Auto mehr?"

„Ja, ich hab die alte Klapperkiste verkauft. Kann ich mir momentan nicht leisten. Aber keine Sorge. Ich bring dich hin. Notfalls fahren wir ein Stück mit dem Taxi oder per Anhalter. Du hast ihnen doch bestimmt gesagt, dass du später kommst?"

„Ja, ich hab auch einen Schlüssel."

„Na, also. Da können wir eine Weile gemütlich zu Fuß gehen."

Sie sah ihn fragend an. Ihm war, als erriete er ihre Gedanken.

„Es ist völlig ungefährlich. Ich kenne mich aus, bin schließlich hier geboren. Ich weiß, welche Straßen man nehmen muss und welche man besser meidet. War schön der Abend, oder? Haben dir die zwei gefallen?"

„Ja, es war nett und die beiden…"

„Sag ruhig."

„Waren auch nett. Es sind nur so viele neue Eindrücke für mich."

„Logisch. Da, wo du herkommst, ging es bestimmt etwas ruhiger zu. Hoffentlich kein Kulturschock für dich. Komm, lass uns gehen."

Als sie unten vor dem Haus standen und John noch einmal nach oben sah, um zu überprüfen, ob auch alle Lichter ausgeschaltet waren, war es schon Nacht…

In jener Nacht…

In jener Nacht, die anders war als alle Nächte seit Anbeginn und alle, die je kommen werden, änderte sich plötzlich das Wetter. Eine große Kälte trat unvermittelt vom Osten her ein, breitete sich schnell aus und wurde in zahlreichen Ländern registriert. Einen solch schlagartigen Temperatureinbruch hatte es seit Beginn der Wetteraufzeichnungen noch nicht gegeben. Wetterkundler bemühten sich, ihre Ratlosigkeit über den unerhörten Temperatursturz wortreich mit Fachbegriffen zu kaschieren. Doch ihre eigene Verblüffung war so groß, dass dieser Versuch nur scheitern konnte.

Kaum hatte sich die eisige Kälte bemerkbar gemacht, hörte man nach kurzer Zeit schlagartig starke Donner in der Luft, Donner, die merkwürdig klangen und schnell für Unruhe sorgten, gingen ihnen doch keine Blitze voraus. In Wellen rollten die Donner heran, breiteten sich aus und kulminierten ohrenbetäubend; Welle um Welle rollte durch die Luft. Das unerwartete, bestürzende Phänomen wurde, wenn auch etwas zeitversetzt, in Russland, in Japan, China und Korea ebenso gehört wie in zahlreichen anderen Ländern in und außerhalb von Europa. Dann kam Wind auf, starker, immer stärkerer, eisiger Wind, breitete sich unaufhaltsam aus, wurde zu Stürmen, die rasend schnell über die Erde zogen und Donner vor sich herzutreiben schienen: Donner, die so mächtig wurden, dass ihr Krachen die Erde in ihren Grundfesten erschütterte.

Wer eben noch unter dem Eindruck von Kälte und Donner stand, konnte nun deutlich ein Heulen hören, das von den brausenden Winden ausging, unheimlich klang und lauter wurde. Es war so stark, dass es mühelos durch geschlossene Fenster drang und von keinem Geräusch der menschlichen Zivilisation übertönt werden konnte. Während Moderatoren von Fernsehsendern, über den Globus verstreut, in improvisierten Live-Sendungen in allen Weltsprachen vergeblich versuchten, eine natürliche Erklärung dieser Phänomene zu vermitteln, bebte auf einmal die Erde.

Das Beben, das keine der zahlreichen Messstationen, das keiner der Experten und Erdbebenforscher vermutet, vor dem niemand gewarnt, das niemand vorausgesehen oder für wahrscheinlich gehalten hatte, durchbrach die Aufgeregtheit der Moderatoren. Als es bekannt wurde, ließ es viele ihrer Gesichter vor Sprachlosigkeit erstarren.

Schreie in der Nacht

Das Beben hatte in Kalifornien begonnen und wurde schnell von weiteren Beben begleitet, die sich in ihren verheerenden Auswirkungen zunächst bis nach New York ausbreiteten. Die Detonationen waren unfassbar stark und stellten alles in den Schatten, was die Erdbewohner jemals gesehen hatten. Es war, als wollte sich die Erde öffnen und einen Teil der Menschheit verschlingen, als brächen unterirdische Vulkane aus. Gigantische Druckwellen breiteten sich in hoher Geschwindigkeit aus. Die große *Golden Gate Bridge* war nicht mehr zu sehen. Von gewaltig brausenden Stürmen, deren Heulen zuzunehmen schien, hinweggefegt, riss sie eine große Anzahl von Autos mit sich in die Tiefe. Die Schreie der Menschen gingen im tosenden Lärm unter, Trümmer stürzten atemberaubend schnell ins Meer, Gischt und Wellen schäumten mit brachialer Gewalt auf, türmten sich höher und höher.

Während Hochhäuser in sich zusammenfielen und auf den Straßen Menschen in Panik ziel- und hilflos umherirrten, sich vergeblich die Ohren zuhielten, um das Heulen und Brausen des Sturms nicht zu hören, war das Beben über sie hereingebrochen. Aus Fenstern von Wohnhäusern, die noch standen, blickten Menschen verängstigt hinaus, pressten ihre Gesichter an die Scheiben, hielten den Atem an. Viele Schreie gellten durch die Nacht und wurden doch von dem Brausen des Sturmes verschluckt, das sich mit großer Geschwindigkeit nach und nach über die Erdkugel auszubreiten begann.

Und Sankt Franziskus sprach:

Wehe Dir, Stadt, die du meinen Namen trägst. Es ist gekommen der Tag, den der Herr durch Seher voraussagen ließ. Ich habe euch immer wieder Frieden zugesprochen, aber es waren zu viele in eurer Stadt und Nation, die den Herrn erzürnt haben. Schon hat er seine Engel ausgesandt, denen niemand widerstehen kann. Gekommen sind die Tage des Gerichtes, Engel gießen eine Schale des Zorns aus. Ich aber will noch einmal für dich bitten, Stadt meines Namens, für die Lebenden und für die Toten.

San Francisco war weitgehend zerstört. Die Überlebenden blickten hinaus und konnten das Ausmaß der Zerstörung nicht annähernd fassen. Erschreckend war, dass auf einmal kein TV-Sender mehr berichtete, die Stromnetze waren größtenteils zusammengebrochen. So wie ein Stein, ins Wasser geworfen, Kreise zieht, so waren dem Beben von San Francisco fast zeitgleich weitere Beben gefolgt, das schwerste in einer Entfernung von New York, die für die große Stadt am Meer nicht groß genug war.

New York, New York…

Die Erde brach mit furchtbarem Getöse auf. Während der Meeresboden erschüttert und Meereswasser in große Höhen geschleudert wurde, fielen die ersten Hochhäuser in sich zusammen. Andere stürzten nach vorn in die Tiefe, als zöge ein unsichtbarer Magnet sie an, und rissen Unzählige mit sich in den Tod. Die Schreie in Wohnungen und Aufzügen verschluckte mächtiges Brausen, das mittlerweile in vielen Teilen der Erde zu hören war. Das Meer vor New York stieg gewaltig in die Höhe, bäumte sich auf und schäumte, bis gewaltige Stürme es erfassten und plötzlich vor sich hertrieben. Wer in New York nahe am Meer lebte, noch am Leben war und hinausschaute, wurde von blankem Entsetzen ergriffen. Das Meer hatte sich so hoch aufgetürmt, dass sein Anblick viele das Leben kostete: Sie starben vor Angst und Schrecken.

Eine unfassbar hohe, gewaltige Mauer aus Wellen bewegte sich rasend schnell auf die Weltstadt zu, während Häuser in sich zusammenstürzten und sich eine ungeheure Schicht aus Asche und Staub auszubreiten begann.

Menschen schrien in Todesangst, verließen fluchtartig ihre Wohnungen und Häuser und versuchten, den heranrasenden Wogen zu entkommen. Die große Flut brach über der Stadt herein und riss alles mit sich. Ein Nachbeben setzte ein und zerstörte weitere Viertel New Yorks. Wo früher ein Lichtermeer über der Stadt lag, breitete sich gespenstische Dunkelheit aus. Rauch und Asche überdeckte eine Landschaft von Trümmern, bedeckte Leichen, die über die Straßen verstreut lagen. Menschen irrten durch Straßenfluchten, manche verloren den Verstand und gaben unverständliche Laute von sich. Andere beteten laut, riefen und flehten zu Gott, während wieder andere ihre Fäuste ballten und Flüche und Verwünschungen in die kalte Nacht ausstießen.

Nicht wenige mussten jetzt an die Worte in der Geheimen Offenbarung denken:

Die Kaufleute, die durch Handel mit ihr reich geworden sind, werden fernab stehen aus Furcht vor ihrer Qual, werden weinen und klagen: Weh, weh, du große Stadt, die bekleidet war mit feinem Leinen und Purpur und Scharlach und geschmückt war mit Gold und Edelsteinen und Perlen, denn in einer Stunde ist verwüstet solcher Reichtum!

Und alle Schiffsherren und alle Steuerleute und die Seefahrer und die auf dem Meer arbeiten, standen fernab und schrieen, als sie den Rauch von ihrem Brand sahen:
Wer ist der großen Stadt gleich?

Und sie warfen Staub auf ihre Häupter und schrieen, weinten und klagten:
Weh, weh, du große Stadt, von deren Überfluss reich geworden sind alle, die Schiffe auf dem Meer hatten; denn in einer Stunde ist sie verwüstet! (Offb, 18, 15-19).

Wer noch am Leben war und nach oben schaute, konnte mit Entsetzen sehen, wie die ersten Sterne nach und nach verloschen. Wer zuerst glauben mochte, er habe sich vielleicht getäuscht, sah sich bald in seiner furchtbaren Vermutung bestätigt. Es schien, als seien die Sterne vom Himmel gefallen. Erst vereinzelt und kaum merklich verlosch Licht um Licht.

„OH, MY GOD!" („OH, MEIN GOTT!) "schrieen Menschen gellend in die einsetzende Nacht, während ein Stern nach dem anderen sein Licht verlor. In Straßen irrten Kinder und Alte umher und suchten verzweifelt nach ihren Angehörigen. Andere gingen in die Knie und flehten um Gnade.

Das Meer schleuderte schäumende Wogen über das Festland, während immer wieder Blitze aufzuckten und die Avenues gespenstisch erhellten. So wie ein Schauerregen niedergeht, so zuckten die Blitze auf, einer nach dem anderen, in ganz kurzer Zeit, wie Hagel niederfällt, bis wieder Finsternis hereinbrach. Und wieder stürzte ein großes Haus ins Meer, das es gierig zu verschlucken schien. Unter gewaltigem Getöse schäumte es über ihm auf und verschlang es in der Tiefe.

Und ein Engel sprach:

Die große Stadt am Meer ist nicht mehr. Verbergt euch in einem Haus, das ich euch zeigen werde. Wir aber ziehen aus und suchen die, die noch gerettet werden können.

Die Stadt, die unter dem Namen New York bekannt war, verwandelte sich in einen großen Friedhof.

Und ein Dämon höhnte:

Nun werden wir Ernte halten und die suchen, die zu uns gehören, und nichts und niemand wird sie uns entreißen. Der Jubel in der Tiefe wird groß sein, wenn sie mit uns in den Abgrund stürzen, in die Finsternis, wo Heulen und Zähneknirschen herrscht. ER hatte es ihnen gesagt, aber WIR haben sie dazu gebracht, dass sie IHM nicht mehr glaubten. Oh, verdammte Qual, je mehr sie mit uns teilen, desto besser. Nun werden wir alle mit uns nehmen, die mit dem Zeichen des Widersachers bezeichnet sind, alle, die sein Mal auf ihrer Stirn und Hand tragen. Ein Wehklagen wird die Erde erfüllen wie noch nie.

Oh, wie uns das gefällt, für viele wird es zu spät sein. Denn der Tod kommt wie ein Dieb in der Nacht. Wenn ihr wüsstet, wie gut wir die Bibel kennen. ER hatte es ihnen gesagt, aber WIR haben alles getan, dass sie nicht mehr an den Tod und das Gericht dachten. ER hatte sie vor der Hölle gewarnt, aber WIR haben es erreicht, dass sie darüber lachten.

Grace, schau *nicht* hin!

In San Francisco hielten Grace und John für einen Moment in ihrem Lauf inne. Auf dem Weg zu dem homestay, in dem Grace wohnte, waren sie von den unerhörten Ereignissen überrascht worden. Sie blickten in die Ferne, dahin, wo zuvor noch eine atemberaubende Skyline zu sehen war.

Von den Wolkenkratzern, die früher den Himmel herauszufordern schienen, standen nur noch Stümpfe, erbärmliche Reste, wie morsche, vermodernde Wurzeln gefällter Bäume im Nebel des Waldes. John presste Grace näher an sich. Fassungslos blickten beide nach oben, wo die

Sterne auf unerklärliche Art ihr Licht verloren. Sie sahen, wie einer nach dem anderen erlosch, so als habe die Nacht sein Licht geschluckt, während das Brausen des Windes wieder an Stärke zunahm. Eine gewaltige Trümmerlandschaft breitete sich in der Ferne aus. Rauch stieg auf, während Grace vereinzelt Schreie zu hören glaubte. Aus den letzten Hochhäusern, die noch standen, sah man Menschen – aus der Ferne klein, wie Blätter – in die Tiefe fallen, dann stürzten auch die Häuser zusammen.

Grace zitterte am ganzen Körper, während John immer wieder hilflos mit dem Zeigefinger in die Richtung der ehemaligen Hochhäuser deutete, die das Beben dem Erdboden gleichgemacht hatte. Er stammelte vor sich hin. Sirenen, durch Notstromaggregate betrieben, hallten durch die Nacht. Sie waren nur schwach im kleinen Umkreis zu hören, zu laut war das schreckliche Konzert aus Donner, Heulen und Brausen, das über die Megametropole hereingebrochen war.

Grace schlang ihre Jacke enger um sich und lehnte sich an John an. Ihm war ein Gedanke gekommen, hell wie ein Licht.

„Gehen wir dort hinüber", sagte er, „da steht noch ein Haus. Vielleicht ist es leer und wir können uns verbergen."

Grace hakte sich bei ihm ein und folgte ihm in der Dunkelheit. Sie war unterwegs über ein Stück Mauer gestolpert. Ihre Beine waren von dem Sturz aufgeschürft und schmerzten. Sie vermied es, geradeaus zu blicken, dahin, wo über den Trümmern der zu Boden gestürzten Wolkenkratzer Rauch aufstieg. Ein merkwürdiger Geruch lag in der Luft. Sie versuchte vergeblich, ihn einzuordnen, roch es doch anders, als alles, woran sie sich erinnern konnte. Sie ergriff seine Hand und klammerte sich fest. John war still geworden.

„Warum sagst du nichts? Sag doch was!"

Im gleichen Moment fühlte sie, wie unsinnig die Aufforderung war, denn was hätte er sagen sollen? Am Nachthimmel war es so finster geworden, es wirkte bedrohlich. Wenn nur dieses schreckliche Heulen in der Luft aufhören wollte, dachte sie.

Sie drückte eine Hand auf ihr rechtes Ohr und merkte sogleich, dass es zwecklos war. Das Schlimmste war nicht nur der Lärm, es klang so unheimlich: Als wäre die ganze Natur in ein einziges Wehklagen ausgebrochen, dem nichts und niemand abhelfen konnte, als schriee ein verwundetes Wesen seine lang angestaute Qual hinaus.

Grace ergriff erneut seine Hand und klammerte sich fest an ihn. Warum ist seine Hand so kühl? dachte sie. Nein, nicht kühl, so kalt…Sie erschrak und blickte ihn von der Seite an. Er schaute zurück und nun erst spürte sie, dass sie selbst fror. Ja, es war urplötzlich viel kälter geworden, so wie ein Flugzeug absackt und sich in tieferer Höhe wiederfindet. Sie fröstelte und strich sich über die Arme.

„Wo werden Abigail und Aiden sein? Sie waren bestimmt noch nicht zu Hause angekommen. Vielleicht irren sie jetzt durch die Stadt. John, wo sind sie? Wir müssen sie finden!"

Sie hörte wieder Aidens Worte: *Wir sehen uns bestimmt bald. Mach's gut, Kleines.*

John sprach kein Wort und deutete stumm geradeaus. Was soll ich darauf sagen, fuhr es ihm durch den Sinn, wie soll ich wissen, wo sie sind? Sie waren mit Sicherheit noch nicht zu Hause angekommen… Wenn ihr Zuhause überhaupt noch steht…Hoffentlich liegen sie nicht irgendwo unter Trümmern…

„John?"

„Ja?"

„Glaubst du, dass sie noch leben?", wimmerte Grace. Sie fürchtete, wie die Antwort ausfallen könnte.

„Oh, nein, bitte nicht, mach, dass das nicht stimmt, hörst du, John, bitte nicht!"

Sie redete und stammelte, als habe sie die Besinnung verloren. John drückte sie an sich und fühlte, wie kalt ihre Arme waren.

Was geschieht hier: Nacht, Sturm, Unwetter, verlöschende Sterne, Heulen des Sturms und die Flut, das Erdbeben. Wie spät wird es sein, wo sind die anderen, warum ist es so kalt?

Die Gedanken gingen wie ein Hagelschauer nieder. Während er dies dachte, schaute er noch einmal auf, und das nackte Entsetzen fuhr ihm durch die Glieder.

„Grace, schau nicht hin!", rief er laut und merkte sofort, dass er das nicht hätte sagen sollen.

„Wohin?" fragte sie und schon war es zu spät.

Hinter einer dunklen Wolkenfront war der Mond aufgetaucht. Doch was für ein Mond...

"OH, NO, MY GOD!" ("OH, NEIN, MEIN GOTT!")

Grace schrie und sprang wie von Sinnen in die Höhe. Sie hielt sich ihre Hände bald vor die Ohren, bald vor die Augen. Dann klammerte sie sich noch enger an ihren Freund.

Sie schluchzte auf und zitterte am ganzen Körper. John brachte kein Wort mehr heraus.

Die Gestalt des Mondes war klar zu erkennen. Aber..., wo war sein übliches Licht, das Mondlicht, das man kannte und das so selbstverständlich schien?

Was früher lichter Mondschein war, erglühte nunmehr in braun-roten Tönen. Es sah aus wie eine schreckliche Wunde am Bein, so wie es im Fernsehen manchmal in Kriegsfilmen gezeigt wurde. John erschrak zutiefst und schaute unwillkürlich weg.

Nein, das konnte..., nein, das war..., unmöglich, das konnte nicht..., sicher eine Täuschung, wir müssen schon ganz verdreht sein, das bilde ich mir gerade ein. Nein, das bitte nicht, nicht der Mond...

Er stammelte und konnte doch nicht umhin, noch einmal zum Mond zu blicken.

Während er die zitternde Grace im Arm hielt, erblickte er fassungslos noch einmal das tiefer werdende Rot des Mondes, das an einigen Stellen in Grau überging. Er schnappte nach Luft wie ein Fisch, der an den Strand geworfen wurde. Unwillkürlich führte er eine Hand an seinen Hals und ließ Graces Hand los. Dann deckte er ihr mit der anderen Hand die Augen zu, gerade so, als hätte sie den Mond noch gar nicht gesehen. Wäre es nicht so kalt gewesen, wäre ihm Angstschweiß ausgebrochen. So kam es ihm vor, als fahre ihm jemand mit einem großen Stück Eis über den Rücken.

Doch auf einmal begann das Rot sich zusehends zu verlieren. John stieß einen Schrei aus:

"Stars are falling, winds are howling, what does it all mean?"
("Sterne fallen, Winde heulen, was hat das alles zu bedeuten?")

Nach und nach vermischte sich das Rot zusehends mit Braun, bis dieses vorherrschte und den Anblick des Mondes noch unheimlicher werden ließ. John und Grace standen gebannt und konnten sich nicht bewegen. Grace wunderte sich über John.

Wo war seine übliche Ruhe? Hatte er ihr früher vielleicht etwas vorgespielt? Tat er nur cool? Sie spürte, dass er insgeheim Angst hatte, und sie fühlte, wie diese auf sie übergriff und ihre eigene Angst noch verstärkte.

„Vielleicht sollten wir beten", stieß Grace atemlos hervor, „kennst du ein Gebet?"

Doch John brachte keinen Ton heraus. Mittlerweile war auch das Braun fast gänzlich gewichen. Der Mond wurde gräulich, dann dunkler, bis er gänzlich zu verschwinden drohte. Er strahlte kein Licht mehr aus. John zog Grace mit sich. Er ging rasch und immer schneller und war dabei so benommen, wie ein Nachtwandler. Unterwegs passierten sie Straßen, in denen zahlreiche Tote lagen, verstümmelte Leiber, von Staub und Asche bedeckt. Wer wird all diese Menschen beerdigen, fragte sich John.

„Sieh nicht hin, Grace."

Doch er wusste, dass auch dieser Satz keinen Sinn hatte. Sie mussten schließlich aufpassen, wohin sie gingen, denn es war kaum noch etwas zu sehen.

Verbergt euch in einem Haus, das ich euch zeigen werde… ging es ihm, wie ein Echo aus der Ferne, durch den Sinn. Woher kam dieser Satz? Warum nur gehe ich ausgerechnet diese Straße entlang, dachte er. Straße? Wenn man das noch so nennen kann. Wohin er auch blickte, eine einzige Ruinenlandschaft. Was noch gespenstischer war, kein lebender Mensch begegnete ihnen auf dem Weg, obwohl in diesem Viertel normalerweise immer viele Leute unterwegs waren, die, auch in der Nacht, in Kneipen strömten oder sie verließen.

Wieder waren Donner zu hören, dann zuckten Blitze auf. Gerade so, als wollten sie ihnen den Weg erhellen. Ein Blitz jagte den anderen, ein einziges Trommelfeuer. In der Ferne hörten sie einen ungeheuren Krach. Es klang, als habe ein Blitz ein Haus gespalten, so wie eine Axt einen Holzklotz entzwei schlägt. Sie bogen um die Straßenecke, als Grace ein Wimmern hörte. Sie bückte sich und sah die Umrisse einer Frau, die auf der Straße lag.

„Es hat mich aus dem Fenster geschleudert", schluchzte sie leise. „Meine Zeit läuft aus. May God have mercy on me, on us all." (Gott sei mir gnädig, uns allen.)

Grace hielt ihre Hand. Dann schob sie ihre andere Hand unter den Kopf der Frau, die versuchte, sich aufzurichten. Dann fiel die Frau zurück und verstarb. Grace schluchzte auf und ergriff Johns Hand.

„Hier, die Tür ist auf. Gehen wir hier hinein."

Die erste Nacht

Der heilige Pater Pio spricht:

Verschließt alle Türen und Fenster und sprecht mit niemandem außerhalb des Hauses. Während die Erde bebt, schaut nicht hinaus; denn der Zorn Gottes muss mit Furcht und Zittern betrachtet werden.

Meine Engel, Spruch des Herrn, werden all jene austilgen, die mich verlachen und meinen Propheten nicht glauben.

Der Prophet Baruch antwortet:

Wir haben nicht auf die Stimme des Herrn, unseres Gottes, gehört und auf alle Reden der Propheten, die er zu uns gesandt hat.

Jeder von uns folgte der Neigung seines bösen Herzens; wir dienten anderen Göttern und taten, was dem Herrn, unserem Gott, missfällt.

(Baruch 1, 21-22).

Malta, Valletta

Als Teresa an den *Upper Baracca Gardens* vorbeikam, war es auf einmal viel dunkler geworden. Nun hörte auch sie das Heulen der Winde, die so ganz anders waren als Winde vom nahen Meer. Sie erschrak und lief schneller. Wohin sie auch sah, überall standen Menschen, die zum Himmel hinaufschauten, Bestürzung und Angst im Blick. Aus Hauseingängen und Bars flohen Menschen, die nach Hause eilten, andere eilten Treppen hinauf.

Hinter Fenstern sah sie bange Blicke, eine alte Frau bekreuzigte sich. Was geschieht hier? dachte Teresa, während eine unheimliche Beklemmung von ihr Besitz ergriff. In der Gartenanlage waren einige Menschen zu sehen. Teresa eilte, so schnell sie konnte, zu ihnen. Eine Frau, die auf einer Bank gesessen hatte, deutete sprachlos aufs Meer. Nun sah es auch Teresa, wie die Wogen des Meeres, von Winden gepeitscht, sich immer höher auftürmten und mit einem großen Schiff zu spielen schienen.

„Lauf, so schnell du kannst, nach Hause!"

Teresa nickte und rief der Frau ein „God bless" (Gott segne Sie) hinterher.

Der Wind wurde stärker. Nur mit Mühe schaffte es Teresa, sich auf den Beinen zu halten. Ein schweres Unwetter? Teresa wusste instinktiv, dass hier etwas ganz anderes geschah. Aber was? Die Sterne, wo waren die Sterne? Wie schnell war die Nacht hereingebrochen. Hier stimmte etwas nicht. Nun nahm sie deutlich wahr, dass etwas Furchtbares in der Luft lag. Es schien, als triebe der Wind Gase vor sich her.

„Oh, nooo!" („Oh, nein!")

Teresa entfuhr ein Schrei. Hoch über ihr, auf der anderen Seite, war jemand von einem Balkon herabgestürzt und schlug auf dem Boden auf. Sie sah gleich, dass jede Hilfe zu spät kommen würde. Teresa wollte dennoch zu der Person hineilen, doch jemand hielt sie zurück.

„Run home, run as fast as you can!" („Lauf nach Hause, so schnell du kannst!")

Zu Hause, in der *St. Paul's Street*, angekommen, klingelte Teresa wie wild. Sie drückte die Tür auf und rannte die Treppen hinauf. Ihre Mutter drückte sie an sich:

„Endlich bist du da! Ich bin fast gestorben vor Angst um dich."

„Wo ist mein Bruder, wo ist Vater?"

„Sie sind oben, komm schnell."

Teresa wollte Licht anmachen, doch es ging nicht an.

„Nirgendwo geht das Licht an, Teresa", sagte ihr Vater, dem große Sorge ins Gesicht geschrieben stand.

Teresa umarmte ihren Bruder und ihre Eltern.

„Mach das Fenster zu."

Ihr Bruder drückte das Fenster zu, das einen Spalt offen gestanden hatte.

„Habt ihr gemerkt, wie es riecht? Wie wenn Gas in der Luft liegt."

Alle sahen sich wortlos an. Es war, als kröche Angst auf und verteilte sich im Raum. Teresa ging zum Telefon, doch die Leitung war tot. Auch der Fernseher reagierte nicht mehr.

Sie sahen sich ratlos an. Für einen Moment wurde es ganz still. Trotz geschlossenem Fenster hörte man deutlich das Heulen des Sturms, das an Heftigkeit zuzunehmen schien. Aus der Ferne hörte man starkes Beben und Donnern.

„Ein Erdbeben!" schrie Teresa auf. „Vielleicht in Sizilien?"

Sie presste ihr Gesicht an die Fensterscheibe. Draußen klirrte es, so als sei in der Nähe viel Glas zerbrochen. Blitze zuckten auf und erhellten die Nacht.

„Der Mond!" schrie Teresa auf, „Vater, der Mond, ich sehe ihn nicht mehr."

Ihr Vater näherte sich langsam dem Fenster.

„Ja, er ist verschwunden", sagte er mit banger, fast erstickter Stimme „und die Sterne verlieren ihr Licht."

„Oh, God, have mercy on us! Holy Mary, St. Joseph, St. Michael…" („Oh, Gott, sei uns gnädig! Heilige Maria, Heiliger Josef, St. Michael…") rief ihre Mutter laut.

"Die Mieter unter uns, sind sie da?"

„Nein, sie sind in Mosta unterwegs…", sagte ihr Vater mit vielsagender Miene.

Nun hörte man starke Regenfälle, Regen prasselte gegen die Scheibe, wurde stärker und stärker, bis man draußen kaum noch etwas sehen konnte.

„Warum sagst du nichts?" fragte Teresa ihren Bruder und erwartete nicht ernsthaft eine Antwort. Sein Gesicht sprach für sich. Erneut war schweres Donnern und Beben zu hören, es konnte nicht sehr weit von hier entfernt sein. Oder klang es nur so? Teresa trat noch einmal ans Fenster. Es schien, als habe der Regen nachgelassen. Doch wie dunkel war es.

„Wir müssen Licht machen!"

„Teresa, es geht nicht, ich habe es mehrmals versucht. Sieh die Häuser gegenüber, nirgendwo brennt Licht, *nirgendwo!*"

Teresa schaute hinaus, und ihr gefroren die Worte in der Kehle: Von diesem Fenster aus konnte man gut und weit sehen, führte doch von hier eine Straße tief zum Meer hinab.

„Oh, nein!"

„Was ist???"

Teresa blickte starr hinaus, wo in der Ferne Feuerregen niederging. Sie hatte unwillkürlich eine Hand ans Herz geführt und spürte, wie stark es klopfte. Sie begann zu zittern und brachte keinen Ton heraus: Feuerregen, es war rot glühender Regen, Regen von Feuer. Und was noch viel schrecklicher war, war der Anblick der tiefroten Wolken.

Teresa fühlte, wie sie vor Schreck erstarrte, sie stieß unwillkürlich einen Schrei aus. Doch dann wurde sie wieder geistesgegenwärtig. Ich muss jetzt stark sein, dachte sie, ich muss versuchen, die Ruhe zu bewahren, ich muss jetzt stark sein...

„Niemand darf hinaussehen" rief sie laut, „*niemand*, hört ihr?!"

„Was meinst du, Teresa?"

Das Gesicht ihrer Mutter war von Panik gezeichnet.

„ES REGNET FEUER!" brachte Teresa mühsam hervor. „Woran erinnert dich das, Mutter? *WORAN?*"

„OH, MEIN GOTT!"

Ihr Vater trat einen Schritt näher. „Sag schon", stieß er atemlos hervor, „was ist los?"

„Die Prophezeiung", stammelte Teresa, „Vater, weißt du noch? 'Die dreitägige Finsternis': Alles deckt sich. So, wie vorhergesagt. Niemand darf hinaussehen, auf keinen Fall!"

Teresas Mutter war erstaunt über die Bestimmtheit und Klarheit, mit der ihre Tochter sprach.

Ja…, das musste es sein…Sie erinnerte sich haargenau an jene Prophezeiung, die schon ihre Mutter und deren Mutter erzählt hatten: Von der dreitägigen Finsternis, von Beben und Donner, von Sturm und Gasen, vom großen Strafgericht und Feuerwolken.

„Niemand darf hinaussehen, unter keinen Umständen!", wiederholte Teresas Mutter. Ihre Hände begannen zu zittern, sie führte sie zusammen und rieb sie.

„Warum?" fragte Teresas Bruder kleinlaut.

Teresa eilte auf ihn zu und packte ihn an beiden Händen. Sie sah ihm in die Augen und sprach eindringlich:

„Ich erinnere mich *genau* an die Prophezeiung. Unsere Großmutter hat sie immer wieder erzählt und auch Monsignore Grech. *Alles* stimmte bis ins Detail überein."

„Was für eine Prophezeiung?"

„Ja, ich erinnere mich auch", fiel Teresas Mutter ein, „wir alle haben sie gehört, seit langer Zeit, schon meine Vorfahren. Teresa, sag es ihm."

„Die Nacht wird sehr kalt sein, Wind wird aufkommen, es wird donnern. Schließt alle Türen und Fenster. Redet mit niemandem außerhalb des Hauses. Kniet nieder vor eurem Kruzifix. Beweint eure Sünden. Bittet meine Mutter um ihren Schutz, schaut nicht hinaus, solange die Erde bebt, denn der Zorn meines Vaters ist groß und heilig.

Den Anblick seines Zorns könntet ihr nicht ertragen. Jene, die sich aus dieser Warnung nichts machen, werden alleingelassen und sofort im Feuer des göttlichen Zorns umkommen."

Teresa drehte sich kurz zu ihrer Mutter um. „So hieß es doch, oder?"

Ihre Mutter nickte. Teresas Bruder hörte zu, doch er wusste nicht recht, was er davon halten sollte. Prophezeiungen? Die Leute redeten viel und wer wusste, ob das nicht einfach nur ein schwerer Sturm war. Feuerregen über Malta? Das klang absurd. Vielleicht hatten die beiden zu viel Phantasie. Waren sie in letzter Zeit zu viel in der Sonne? Oder war es eine optische Täuschung? Doch er sprach seine Gedanken nicht aus.

„Und jetzt?"

„Hören wir auf Teresa" sagte sein Vater, der bisher geschwiegen hatte. Er wusste nicht, was er sonst hätte sagen sollen. Er kannte Teresa. Sie neigte nicht zu Übertreibungen. Auf ihren Verstand und ihr Urteil war Verlass.

„Die Kerzen! Mutter, wo hast du die Kerzen?"

Als sie ihre Mutter ansah, merkte sie erst, wie angespannt und verängstigt sie aussah. Sie fühlte Mitleid in sich aufsteigen, ging zu ihr und nahm sie in den Arm.

„Ganz ruhig, Mama. Wie gut, dass wir alle beisammen sind. Wie gut, dass jetzt niemand von uns unterwegs ist."

Ihre Mutter drückte sie wortlos.

„Welche Kerzen?", fragte sie noch einmal. Teresa kam es vor, als habe sie in der Stimme ihrer Mutter ein Zittern gehört.

"Erinnerst du dich nicht mehr? Deine Mutter sagte doch immer: In dieser Finsternis können nur geweihte Kerzen angezündet werden; sie werden Licht spenden, in den drei dunklen Tagen."

Ein Blitz zuckte auf und tauchte das ganze Zimmer in gleißendes Licht.

Teresas Mutter war nahe daran aufzuschreien, doch ihr Mann hielt sie zurück.

„Ich glaube, die Kerzen sind droben, in der Schublade."

Teresa ging die Treppe hinauf und tastete sich mit ihrer Hand an der Wand entlang. Wieder waren in der Ferne Donner und Beben zu hören.

Nun, da sie für einen Moment allein war, spürte sie erst, wie verängstigt sie war. *Aber bloß nichts anmerken lassen…, ich muss ruhig bleiben, nach außen hin wenigstens, sonst wird Mutter sich noch mehr ängstigen…Vater hat bestimmt auch Angst, aber er zeigt es nicht.*

Sie fand die Schublade und fuhr mit ihrer Hand hinein. Am Ende fand sie die Kerzen. Es waren mehrere, zum Glück. Vielleicht reichen erst einmal drei, dachte sie.

Die Vorhänge waren nicht zugezogen…*Bloß nicht hinaussehen*, wiederholte sie sich immer wieder, bloß nicht hinaussehen…Sie wandte ihr Gesicht ab und schlich aus dem Zimmer. Von unten her drang kein Laut.

„Hast du die Streichhölzer?"

Teresas Vater kam hinzu.

„Wo stellen wir sie auf?"

Teresas Mutter sah sich im Raum um.

„Hier, unter dem Kreuz!"

Teresa fand ein kleines Gefäß, in das sie die Kerzen stellen konnte. So bekamen sie Halt, fast wie in einem Kerzenständer. Ihr Vater zündete ein Streichholz an und führte es an den Kerzendocht. Die Kerze begann zu brennen, doch diesmal wollte kein Gefühl der Gemütlichkeit aufkommen. Wind peitschte gegen den Fensterladen. An den anderen Fenstern hatte Teresa schnell die Vorhänge vorgezogen und Läden zugedrückt.

Einige der Fensterläden schlossen nur noch notdürftig. Hoffentlich würden sie dem Sturm standhalten. Merkwürdig war, dass die Blitze, die immer wieder aufzuckten, den Raum erhellen konnten, obwohl die Fenster abgedeckt waren. Jedesmal, wenn ein Blitz aufleuchtete, zuckte Teresas Mutter zusammen. Die Kerze leuchtete, ohne zu flackern.

„Siehst du, sie brennt, so, wie sie es vorausgesagt haben."

„Gar nicht auszudenken, wenn wir jetzt ganz im Dunkeln sitzen müssten."

„Bist du dir sicher, dass es die große Finsternis ist?" fragte Teresas Vater leise, so, als müsse er nun flüstern.

„Ja – alles deutet darauf hin, *alles*."

„Wie oft ist es erzählt worden", flüsterte Teresas Mutter, „aber wer hat im Ernst damit gerechnet, dass er es miterlebt?"

„Es ist so still im Haus…Sollen wir zu der Familie über uns gehen und sehen, ob alle da sind, ob wir etwas tun können?"

„Nein!" sagte Teresa. Alle sahen sie an.

„Warum?" fragte ihr Bruder.

Teresa besann sich und holte die Worte, die sie schon als Kind gehört hatte, wieder aus ihrem Gedächtnis:

„Aus den Wolken werden sich Orkane von Feuerströmen auf die Erde verbreiten. Sturm und Unwetter, Donnerschläge und Erdbeben werden unaufhörlich aufeinander folgen, Feuerregen wird pausenlos niedergehen.

Es wird in einer sehr kalten Nacht beginnen, der Wind braust und nach einiger Zeit wird der Donner einsetzen. Dann verschließt alle Türen und Fenster und sprecht mit niemandem außerhalb des Hauses. Während die Erde bebt, schaut nicht hinaus. Wer diesem Ratschlag nicht nachkommt, wird augenblicklich zugrunde gehen..."

„Ja", stimmte ihre Mutter zu, „genauso habe ich es auch gehört."

„Sprecht mit niemand *außerhalb* des Hauses" wiederholte ihr Bruder, der einen lichten Moment hatte, *„außerhalb* des Hauses. Die Leute wohnen aber im selben Haus."

„Ja, du hast Recht" sagte Teresa, erstaunt, dass ihr Bruder so gut zugehört hatte. Sie sah ihn an und konnte ihn nur schemenhaft erkennen. Es war, als lägen Schatten über seinem Gesicht. Obwohl die Kerze leuchtete, war es ziemlich dunkel im Raum. Nur manchmal wurde es plötzlich hell. Sie erschrak dann jedes Mal und versuchte, es sich nicht anmerken zu lassen.

„Willst du hinaufgehen und sehen, ob sie da sind?"

Teresas Mutter hatte sich an ihren Mann gewandt.

„Ja, ich schau nach."

Er verließ das Zimmer, ging ins Treppenhaus und einen Stock höher.

„Ich glaube, wir sollten jetzt beten", sagte Teresa.

Ihre Mutter stimmte ihr zu.

Ihr Bruder wusste immer noch nicht, was er von dem Ganzen halten sollte. Finsternis? Prophezeiungen? Vielleicht ein Hurrikan? Nein, die kamen ja eher in der Karibik oder Amerika vor. Eine Folge der globalen Erwärmung? Vielleicht wurde es ja wieder hell und der Donner legte sich…Die Blitze? Vielleicht übertrieb Teresa…Von seiner Mutter kannte er das ja…Erdbeben? Ja, vielleicht in Sizilien…Das war zwar weit entfernt, aber möglich, dass man es hören konnte…Wer weiß? So viel Erfahrung hatte er damit ja noch nicht…Das heißt, noch überhaupt keine. Plötzliche Dunkelheit? Wie spät war es überhaupt?

Und das Licht? Warum ging kein Licht an? Stromausfall…Also vielleicht hatte es hier ein Erdbeben gegeben?! Ja, sicher, die Erde bebte, das hatte er gehört. Merkwürdig war, dass das Zimmer dabei nicht wackelte. Plötzliche Kälte? Es lagen genug Decken auf der Couch. Vielleicht sollte ich besser aufhören zu denken. Es gibt so vieles, was man nicht versteht.

„Michael!"

Seine Schwester riss ihn aus seinen Gedanken.

„Ja?"

„Wir sollten jetzt beten, komm näher zu uns, vor das Kreuz."

Inzwischen kam ihr Vater zurück. Teresa und ihre Mutter sahen gespannt auf.

„Und?"

„Es scheint kein Mensch da zu sein."

„Das ist seltsam. Ich hatte sie vorhin noch gehört."

„Ich habe geklingelt und gerufen. Alles still."

Wieder zuckte ein Blitz auf und nun, da die Tür zum Gang noch leicht offen stand, hörte man von oben deutlich einen Schrei.

„Sie sind da, ich wusste es! Geh noch mal hinauf und frage, ob sie etwas brauchen."

„Was sollten sie brauchen?"

„Ich meine…, vielleicht haben sie Angst…und…"

„Und?"

„Es beruhigt sie vielleicht, wenn sie wissen, dass wir da sind."

Fast hätte er gesagt: Rufen wir doch mal an – doch dann wurde ihm wieder bewusst, dass das Telefon nicht mehr funktionierte.

„Ich habe geklingelt, gerufen und geklopft. Das müssen sie gehört haben. Wenn sie nicht aufmachen, dann…"

„Dann?"

„Irgendeinen Grund werden sie haben."

„Angst, sie werden Angst haben."

„Sollen wir anfangen zu beten?"

„Ja, Teresa, bete du vor."

Teresa holte tief Luft und begann:

Missierna, li inti fis-smewwiet,

jitqaddes ismek,

tigi saltnatek,

ikun li trid int, kif fis-sema, hekkda fl-art.

Hobzna ta' kuljum aghtina llum.

Ahfrilna dnubietna,

bhalma nahfru lil min hu hati ghalina.

U la ddahhalniex fit-tigrib,

izda ehlisna mid-deni. Ammen.

(Dies ist das Vater Unser auf Maltesisch)

Sie wollte gerade mit dem Ave Maria beginnen, als Michael sagte:

"Wir haben doch vorhin den Schrei gehört. Wir sollten nochmals sehen, ob sie nicht doch aufmachen. Vielleicht haben sie es vorher nicht gehört. Ich gehe mal hinauf."

"Gut" sagte seine Mutter, „wenn sie aufmachen, frag sie, ob sie nicht zu uns kommen wollen. Wenn sie Angst haben, sollen sie nicht allein sein."

Michael verließ den Raum und Teresa begann mit dem Rosenkranz.

Verschwinde, verdammter Dämon!

Michael schloss die Tür hinter sich. Er tastete sich an der Wand entlang, bis er im Treppenhaus war. Stufe um Stufe stieg er die knarrenden Treppenstufen hinauf und hielt sich dabei am Geländer fest. Auf halbem Weg musste er auf einmal an die Kerzen denken.

Wer weiß, wie lange die noch brennen…Vielleicht sollte ich noch ein paar mitnehmen? Auf dem Rückweg. Er stieg weiter hinauf, bis er vor der Tür angekommen war, die zur Wohnung von Familie Camilleri führte. Er klopfte einmal, dann noch einmal. Kein Laut zu hören.

„Ich bin es, Michael" rief er.

Niemand antwortete. Er klingelte, erst vorsichtig, dann fester. Nun schien ihm, dass er Stimmen in der Wohnung hörte.

"Sind Sie da?"

Kein Laut. Da hörte er auf einmal wieder das Donnern und Beben und Heulen des Sturms.

"Hallo?"

Er hörte Stimmen, Schritte schienen sich zu nähern und wieder zu entfernen. Ja, ganz deutlich, er hatte Stimmen gehört.

"Hallo, ich bin's, Michael. Können wir etwas für Sie tun? Wollen Sie zu uns kommen?"

Nun hörte er deutlich Stimmen und Schritte, die sich näherten. Eine Frauenstimme, Frau Camilleri, und die andere Stimme musste ihr Mann sein. Oder war noch jemand da?

Er hielt sein Ohr an das Schlüsselloch. Da durchdrang plötzlich ein Schrei sein Ohr, er zuckte zusammen.

„Verschwinde, du verdammter Dämon! Wir haben die Prophezeiung oft gehört:

'Macht niemand auf, wenn es so weit ist! Dämonen werden kommen und versuchen, in eure Häuser einzudringen.'

Verschwinde! Wir wissen genau, dass ihr verdammten Teufel Stimmen nachmachen könnt! Fahr zur Hölle!"

Nun hörte er, wie Frau Camilleri mit ihrem Mann laut betete. Ihre Stimme klang schrill:

„Saint Michael the Archangel, defend us in battle; be our protection against the wickedness and snares of the devil. May God rebuke him, we humbly pray: and do thou, O Prince of the heavenly host, by the power of God, thrust into hell Satan and all the evil spirits who prowl about the world seeking the ruin of souls."

(Heiliger Erzengel Michael, verteidige uns im Kampf; gegen die Bosheit und die Nachstellungen des Teufels sei unser Schutz. Gott gebiete ihm, so bitten wir flehentlich, Du aber Fürst der himmlischen Heerscharen, schleudere den Satan und alle anderen bösen Geister, die zum Verderben der Seelen in der Welt umherziehen, in Gottes Kraft hinab in den Abgrund der Hölle.")

Dann schrie sie wieder hysterisch. Michael zuckte zusammen und war fassungslos. Er hörte noch, wie sie sich abmühten, um einen schweren Gegenstand, vielleicht eine Couch, gegen die Tür zu rücken. Offensichtlich wollten sie den Eingang verbarrikadieren. Er lief, so schnell er konnte, die Treppe hinab. Auf halbem Weg angekommen, hielt er an. Der Schreck saß tief.

Wie ist es möglich, dass sie meine Stimme nicht erkannt haben? *Verdammter Dämon?* Warum rufen Sie St. Michael, das ist doch mein Name…Michael, St. Michael, der Erzengel. Was passiert hier? Ich verstehe gar nichts mehr. Da fielen ihm wieder die Kerzen ein. Ja, sicher am besten, wenn ich gleich noch ein paar Kerzen mitnehme. Er betrat den Raum, der für einen Moment von einem aufzuckenden Blitz erhellt wurde. Er ging auf den Schreibtisch zu, öffnete die Schublade und fingerte so lange, bis er die Kerzen im Griff hatte. Er nahm alle an sich und verhielt den Schritt. Teresa hat den Laden zugemacht und den Vorhang zugezogen…, dachte er. Warum..? Vorsichtig ging er näher.

„Wo bleibt er nur so lange?" fragte Teresas Mutter.

"Mach dir keine Sorgen. Das ist ein gutes Zeichen. Also sind sie da und haben ihn hereingelassen. Da haben sie mich vorhin doch nicht gehört. Er wird versuchen, sie zu beruhigen, oder sie diskutieren, ob sie nicht doch runterkommen."

Teresa nahm die Gebete wieder auf.

Ja, so wird es sein, dachte Teresas Mutter. Sicher packen sie noch ein paar Sachen zusammen und kommen gleich runter. Besser so, für sie und für uns. Wir müssen jetzt alle zusammenhalten.

Michael fasste den Vorhang an und zog ihn langsam zurück. Aha, deshalb…Nun sah er, dass sie den Laden nur notdürftig zugemacht hatte. Vermutlich ließ er sich nicht richtig schließen. War ja auch schon ganz schön alt das Haus…Er zog den Vorhang gänzlich zurück und lauschte hinaus. Dieses Heulen des Sturms…Warum hört es nicht auf?!

Es klingt furchtbar. Zum ersten Mal spürte er Angst. Doch er fasste sich wieder und hörte genauer hin. Bebt es noch? Er hörte Donner und ein Getöse wie von heftigstem Unwetter. Doch irgendwie klang es anders, ohne dass er hätte sagen können, wie genau. Es war unheimlich. Irgendetwas schien dauernd niederzugehen. War es Hagel? Dann hätten Hagelkörner gegen den Laden fallen müssen. Zumindest, wenn der Wind vom Meer her treibt. Vorsichtig öffnete er einen Haken und zog ihn zurück.

„Langsam könnte er wirklich kommen. Soll ich mal hinaufgehen?" fragte Teresa.

Ihr Vater schüttelte den Kopf:

„Nein, warten wir noch. Beten wir erst den Rosenkranz fertig. Sie werden froh sein, dass er oben ist. Sind ja auch nicht mehr gut zu Fuß. Der Besuch wird ihnen sicher gut tun. Ich glaube nicht, dass sie runterkommen wollen. Vermutlich hängt er oben fest, sie werden ihn nicht loslassen."

Michael sah sich um. Hatte er Schritte gehört? Kam jemand von unten? Nein, alles ruhig. Er fasste den Laden wieder an und zog ihn langsam zurück. Ob es wirklich so kalt ist, wie sie sagen? Vielleicht ist es schon wieder vorbei. Ich sollte nachsehen und sie beruhigen. Vielleicht übertreiben sie auch. Am besten öffne ich gleich das Fenster…Wenn ich nur besser sehen könnte…Ah, hier, da ist der Griff.

„Lass mich vorbeten" sagte Teresas Mutter. „Ich bete auf Latein, ja? Das beruhigt mich, so beten sie manchmal in der Kirche. Ich weiß nicht, warum, aber ich möchte jetzt lieber Latein hören, wenn ihr einverstanden seid."

Teresa spürte, dass ihre Mutter ganz durcheinander war. Sie musste sehr verängstigt sein.

„Ja, sicher, bete ruhig auf Lateinisch."

Michael fasste den Griff und drehte ihn langsam zur Seite. Er war etwas eingerostet, doch dann bewegte er sich. Na, also…Einen kleinen Spalt musste das Fenster schon offen sein, doch der Laden schlug wieder an. Es musste ein heftiger Sturm toben. *Kein Grund zur Aufregung, schließlich leben wir hier am Meer…*

Dieses Heulen des Sturmes…

Er schob den Laden wieder zurück und öffnete weiter. Nun bekam er ihn unter Kontrolle. Er versuchte, das Fenster zurückzuschieben. Dieses Heulen des Sturmes…Es lief ihm eiskalt den Rücken hinunter. Es klang unheimlich, er wusste kein anderes Wort dafür. Donner, Regen, Wind, Sturm, der gegen die Scheiben presste. Da gelang es ihm, sie ein wenig zurückzuschieben. Auch der andere Laden wich zurück. Ich muss nachsehen, ich will wissen, was los ist…

Nun peitschte der Wind so, dass der Laden ganz geöffnet war und die Sicht frei gab. Michael riss die Augen auf. Ein gellender, furchtbarer Schrei erstickte in seiner Kehle, während Blitze über dem Meer und der Stadt aufzuckten und schlagartig alles in helles Licht tauchten:

Über ihm und in der Ferne sah er im Bruchteil einer Sekunde feuerrote Wolken, die seinen Atem zum Stocken brachten und helle Panik in ihm auslösten: Panik, die gleichsam zu galoppieren begann, wie wild gewordene Pferde, die Unheil witternd, aus einer Koppel sprengen. Doch was ihn in einem Augenblick mit nacktem Entsetzen und Todesangst erfüllte, waren die unfassbaren Szenen, die sich vor seinen Augen abspielten: Die Luft war von Dämonen erfüllt, die, ihrer Wesensart entsprechend, in schrecklichsten Gestalten erschienen, Gestalten, die er klar sehen konnte, als habe jemand plötzlich einen Vorhang hinweg gezogen. Engel formierten sich und zwischen beiden Lagern tobte eine furchtbare Schlacht. Dies war sein letzter Augenblick: Michael brach tot zusammen, noch bevor die Gase, die der Feuerregen vor sich hintrieb, heimtückisch unsichtbar und langsam ins Zimmer krochen und ihn erreichten.

Teresa wurde langsam unruhig.

„Ich muss nachsehen. Er ist schon so lange oben."

Teresas Vater wurde es auf einmal ganz mulmig: „Ich komme mit."

Teresas Mutter legte sich unwillkürlich eine Hand auf ihr Herz. Eine Beklemmung stieg in ihr auf, so wie eine Schlange lautlos einen Stein empor kriecht. Sie hörte, wie ihr Mann und Teresa die Treppen emporstiegen und betete intensiver:

„Ave Maria, gratia plena, Dominus tecum…" (Gegrüßet seist du Maria, voll der Gnade, der Herr ist mit dir…), aber ihre Stimme kam ins Stocken.

Vielleicht sollte ich doch hinaufgehen? Ihr Herz klopfte immer stärker. Kein Laut drang von oben.

Teresa öffnete die Tür. Sie roch sofort die Gase, die in den Raum eindrangen, so wie eine Schlange in eine Höhle kriecht. In ihrer Kehle gefror ein Schrei. Sie sah sogleich, dass der Laden geöffnet war.

„Nicht hinaussehen!", rief sie, als habe eine innere Stimme es ihr souffliert, „wo ist Michael???"

Sie stürzte nach vorn, wendete ihre Augen ab und stieß Laden und Fenster zu. Da spürte sie auf einmal einen Widerstand an ihrem Fuß. Sie sah nach unten, als ein Blitz aufzuckte und ihren Gesichtskreis erhellte. Als sie Michael erkannte, der mit weit geöffneten, starr blickenden Augen gekrümmt dalag, schrie sie laut auf und brach weinend über ihrem Bruder zusammen.

Der Prophet Ezechiel spricht:
Ich sah: Ein Sturmwind kam von Norden, eine große Wolke mit flackerndem Feuer, umgeben von einem hellen Schein.
(Ezechiel 1, 4).

Ein Engel klagt:
Weh, wie einsam sitzt da die einst so volkreiche Stadt. Einer Witwe wurde gleich die Große unter den Völkern.

London
(Einige Stunden zuvor)

„Oh, Stephan, das ist einfach phantastisch!"

Lucy strahlte ihn an und schlang ihm die Arme um den Hals.

„Die Idee war grandios. Das wusste ich gar nicht, dass man im Millennium Wheel auch besondere Anlässe feiern kann."

Stephan strahlte zurück, während das 135 Meter hohe (auch *London Eye* genannte) Riesenrad sie gemächlich vom Erdboden höher beförderte. Stephan schenkte Champagner ein und sah sich in der High-Tech-Kapsel um. Nun wurden auch noch Trüffel serviert. Einfach phantastisch, dieser Service! Stephan war hoch zufrieden. Da hatte er sie wirklich überrascht. Langsam gewannen sie an Höhe.

„Schön, dass das Riesenrad langsam läuft. So wird es richtig gemütlich."

„Ich habe gelesen, dass in so einer Gondel bis zu 25 Personen befördert werden können."

„Ja, stimmt schon, muss aber nicht sein. So ein Gedränge, nein, nicht nach meinem Geschmack."

Stephan schaute zum Südufer der Themse. Schiffe tuckerten gemütlich vorbei. *Was* für ein Tag! Dabei war es ja schon Abend. Aber zum Glück waren die ohnehin langen Öffnungszeiten nochmals verlängert worden. Was gab es Romantischeres als so eine Fahrt mit der spektakulären Aussicht über die grandiose Skyline von London. Stephan knöpfte seinen Sakko auf, zog ihn aus und warf ihn lässig über einen Stuhl.

„Komm, Lucy, lass uns anstoßen."

Lucy himmelte ihn aus ihren dunklen, großen Augen an:

„Auf uns beide."

Der Champagner perlte und war angenehm kühl. Das Rad drehte sich gemächlich, wohltuend ruhig und leise. Die Gondel war komfortabel. Ihr 'host' (Gastgeber), eine Frau vom Service, hielt sich – wie zugesagt – ganz diskret im Hintergrund. Fast schien es, als wäre sie lautlos verschwunden. Sie war so still, dass Stephan und Lucy den Eindruck hatten, dass sie ihrem Gespräch nicht zuhörte. Die langsam anbrechende Nacht war lind. Stephan atmete zufrieden.

„Schon edel, das Design, Gondeln aus Glas und immer in der Waagerechten. Merkt man kaum, wie man an Höhe gewinnt. Wenn nicht die fantastische, atemberaubende Aussicht wäre: *Palace of Westminster, the Houses of Parliament*. Bei gutem Wetter kann man bis zum *Schloss Windsor* sehen. Das sind rund 40 km von hier!"

Lucy war beeindruckt. Stephan schüttelte solche Zahlen und Fakten einfach aus dem Ärmel und dies in einer Geschwindigkeit, in der andere Leute Spielkarten auf den Tisch knallen.

Sie drückte sich an ihn. Ach, Stephan…

Für eine Weile waren sie still, saßen dicht beieinander und schauten hinaus. Langsam, aber stetig stieg die Gondel höher.

„Da schau mal, die Schiffe, wie romantisch! Die Themse fließt ruhig dahin. Heute passt einfach alles."

„Wenn dir die Schiffe so gut gefallen, können wir auch mal eine Bootstour machen."

Stephan schenkte Champagner nach. Wie schön konnte das Leben sein! Er hatte das Gefühl, dass er nach einem beschwerlichen Aufstieg in der Höhe angekommen war. Nun war er *Londoner*. Eine hübsche, anschmiegsame Frau war an seiner Seite und sie fuhren in die Höhe. Das passte irgendwie. Er schwenkte gekonnt das Glas und schaute hinaus.

Herrlich! Welche City bot solch einen Anblick? War schon ein gutes Gefühl, in einer Weltstadt zu leben.

„Wie lange dauert die Fahrt, Stephan?"

Stephan gefiel es, dass sie solche Fragen stellte, so konnte er sie mit seinem Wissen beeindrucken.

„Das dauert: Ungefähr 30 bis 40 Minuten. Bis dahin haben wir die Flasche geleert. Die Sichtverhältnisse sind optimal. Ein anderes Mal können wir früher einsteigen. Bei Tageslicht hat es auch einen besonderen Reiz."

Stephan ließ noch locker eine Erklärung über die Technik einfließen, sprach von rotierenden Ringen, von Rädern, Lagern, Achsen und Antrieb. Lucy hing ihm an den Lippen. So gefiel es ihm und so musste es sein. Irgendwie hatte er in letzter Zeit alles im Griff.

„*Was* für ein Ausblick auf die Skyline von London, was? War doch gut, dass wir nach London gezogen sind."

Lucy schmiegte sich an ihn. Stephan verlieh ihr ein Gefühl von Geborgenheit.

Sie schaute nach oben und in die Weite. Sicher waren sie die Einzigen, die jetzt im Riesenrad fuhren und dabei Champagner tranken und Trüffel aßen. *Was* für ein Komfort, was für ein Luxus. Und die anderen Passagiere drängten sich, vielleicht sogar hungrig und durstig, in den Gondeln zusammen…Immerhin, geräumig waren sie ja. Und diese nahezu ungehinderte Aussicht. Ach…, das tat gut, das *musste* man jetzt einfach genießen: Das Blau des Abends, das langsam tiefer wurde und so schön aussah, als habe es jemand mit Aquarellfarben gemalt, die Schiffe, die Lichter, der grandiose Ausblick ringsum.

Die Gondel steigt so schön langsam, da wird mir auch gar nicht schwindlig…Stephan hat einfach an alles gedacht. Ach, *was* für ein Glück…

„Lucy?"

„Schau mal nach oben, die Gondel über uns."

Lucy schaute nach oben und versuchte die Leute zu zählen.

„Es scheint, manche stehen, andere sitzen."

„Was für ein Lichtermeer in der Ferne."

Lucy sah einfach geradeaus, als ihr auf einmal etwas auffiel.

„Stephan…, Moment mal, bilde ich mir das ein?"

„Was denn?"

„Sieh mal, es ist plötzlich viel dunkler geworden."

Stephan schaute hinaus. Es war schon ganz schön dunkel, ja. Aber, *plötzlich* dunkler? Nein, darauf hatte er jetzt gar nicht geachtet. Das schien nur so. Den Übergang merkt man gar nicht.

„Meinst du? Ich glaube, das ist immer so. Irgendwann ist es halt dunkel."

Lucy sah nach oben. Ihr schien, als gestikuliere jemand und ein anderer zeige mit dem Finger nach draußen.

„Über uns, ein Mann, sieh mal, er gestikuliert, er zeigt mit dem Finger nach draußen!"

Was ist auf einmal mit Lucy los?! Stephan wurde langsam ungehalten.

Eben war es so gemütlich – ein nahezu vollkommener Moment – und da fängt sie an, sich Dinge einzubilden. Aber er beherrschte sich: Nichts und niemand sollte diese unvergessliche Fahrt stören. Er improvisierte:

„Lucy, das wird ein Mann aus der Provinz sein. Noch nie aus seinem Kaff rausgekommen und nun wedelt er mit dem Finger. Zum ersten Mal in London…"

Er lachte künstlich und hoffte, sie würde einstimmen. Lucy lachte hell auf, es klang, als würde ihre Stimme perlen wie Champagner.

„Ja, vermutlich hast du Recht."

Wie gut war es doch, dass er immer eine Antwort parat hatte. Sie schob sich erleichtert eine Strähne hinters Ohr. Doch dann schaute sie, nahezu verstohlen, doch noch mal schnell nach oben, während Stephan seine Blicke über die Themse gleiten ließ.

Nun gestikulierten nicht nur der Mann, wie sie deutlich sah, sondern auch noch andere Leute.

Was hat das zu bedeuten? Sind die alle vom Land? Sie bemühte sich zu lachen. Stephan bemerkte es und schaute auf: „Diese Provinzler…!"

Sieh mal, die Lichter!

Sie kicherten beide und gossen Champagner nach. Lucy wollte gerade anstoßen, als sie plötzlich zu ihrer Beklemmung bemerkte, wie es schlagartig Nacht geworden war. Das kann ich mir nicht einbilden, es ist so dunkel! Warum?! Am Himmel waren Sterne zu sehen. Doch was noch seltsamer war: Unter ihnen, in der Ferne, war das Lichtermeer deutlich zurückgegangen, so, als habe jemand auf einmal auf einen großen Lichtschalter gedrückt. Lucy erschrak:

„Sieh mal, die Lichter!"

Nun sah es auch Stephan: Merkwürdig…

„Sachen gibt es…Da unten muss irgendwo ein Stromnetz ausgefallen sein. Na, ja, die Jungs kriegen das bald wieder unter Kontrolle. So was passiert öfter, als man denkt."

Lucy atmete erleichtert auf:

„Ach, ja?"

Wie *schnell* Stephan solche Situationen einzuschätzen wusste. War schon ein schlauer Kopf.

Stephan beugte sich zu ihr und flüsterte in ihr Ohr:

„Siehst du, die Frau vom Service ist auch ganz ruhig. Man könnte fast denken, sie löste Kreuzworträtsel."

Der Scherz war gelungen, Lucy lachte leise vor sich hin.

„Lass uns näher ans Fenster gehen."

Sie standen auf und gingen ganz nah an die Fensterscheibe. Eigentlich gut, dass es schnell dunkel geworden war. Da konnten sie ja zum Mond blicken und sich etwas wünschen. Lucy blickte zum Himmel auf und ließ ihr Champagnerglas fallen. Es schlug auf und zerklirrte am Boden. Sie traute ihren Augen nicht. Wo eben noch ein Sternbild klar zu sehen war, schien ein Stern nach dem anderen zu verlöschen. Das konnte nicht sein, das war unmöglich! Sie rieb sich die Augen, sah nochmals hin. Schon wieder verlor ein Stern sein Licht.

„Stephan???" begann sie und geriet ins Stocken, „die Sterne da oben leuchten nicht mehr."

Was war nur mit Lucy los? Stephan atmete hörbar und zog die Stirn in die Höhe. So langsam wurden ihre Stimmungswechsel verdrießlich. Er schaute in den Himmel und sah es nun selbst. Unwillkürlich krallten sich seine Finger zusammen: In dem Sternbild, das er fixiert hatte, waren gerade zwei Sterne verschwunden. Als er noch, mit den Augen blinzelnd, nach einer schlüssigen Erklärung suchte, war zu seiner Bestürzung plötzlich auch das Licht der restlichen Sterne nicht mehr zu sehen.

Da stieß Lucy einen gellenden Schrei aus. Stephan sah, wie sie ihre Hand gegen ihren Mund presste. Ihr Zeigefinger deutete in eine bestimmte Richtung, die des Mondes. Stephan folgte der Richtung und es verschlug ihm die Sprache:

Wo vorhin noch ein heller Mond schien, zeigte sich auf einmal ein ganz anderes Bild. Schlagartig nahm er auch die Passagiere wahr, die in der Gondel über ihnen wie wild gestikulierten. Der Mond sah zur Hälfte aus wie eine tiefrote Fruchtorange oder geschälte, rote Grapefruit, die andere Hälfte sah aus, als wäre sie gerade faulig geworden. Stephan stand da wie betäubt. Kein Wort fiel ihm ein, es war, als wäre ihm etwas im Halse stecken geblieben. Nun hatte es auch die Frau vom Service gesehen, wie ihr schriller Schrei deutlich zu erkennen gab. Lucy drohte hysterisch zu werden.

„Lucy…, ganz ruhig! Lucy!"

„Du bist selbst nicht ruhig, Stephan", wimmerte sie. „Was für eine Erklärung hast du *nun*? Erst plötzlich Dunkelheit, dann Verlöschen der Lichter, der Mond…"

Lucy stammelte und begann sich zitternd hin- und herzubewegen. Die Frau vom Service war aufgestanden und wusste nicht, was sie tun sollte. Lucy in den Arm nehmen? Aber sie sollte sich ja zurückhalten, ganz unauffällig still und leise im Hintergrund sein.

Ich bräuchte jetzt selbst jemand, der mich in den Arm nimmt, dachte sie.

„Ich will hier raus, Stephan, ich will hier *ganz schnell* raus!"

Stephan wusste, wie leicht Lucy hysterisch wurde. Oh, *bitte nicht*, nicht hier oben, jetzt, wo die Fahrt noch eine ganze Weile dauert. Er wusste, wie er sie in solchen Fällen anpacken musste: Klare, eindringliche Worte, die Stimme erheben, fast etwas streng, das wirkte. Verflixt noch mal!!! Alles hatte so wunderbar begonnen und nun…

„Lucy!" begann er und wusste nicht weiter. Was sollte er jetzt sagen? Dass ein tiefroter bis brauner Mond völlig normal ist? In diesem Moment stieß Lucy noch einen Schrei aus, einen kurzen, hellen Schrei, der ihn im Bruchteil einer Sekunde an Kreide denken ließ, mit der jemand über eine Schiefertafel fährt. Lucys Hand zitterte, sie deutete zum Mond: Er verfärbte sich schnell. Woher kam auf einmal das Grau? Das Rot und Braun veränderten sich stetig, wie von einem Wirbel erfasst und: OH, NEIN….Der Mond begann zu verlöschen.

Lucy schrie in heller Panik auf. Die Frau vom Service, eine Pakistani, begann in unverständlicher Sprache zu murmeln. Sie bewegte den Kopf auf und nieder. Es klang nach Gebeten, die Sprache musste *Urdu* sein. Stephans Gedanken gerieten außer Rand und Band, wie Pferde, die ein wild gewordener Kutscher von einer Straßenecke in die andere jagt.

Was soll ich ihr nun sagen, dass sich plötzlich Wolken davor geschoben haben? Und die Farbe?

Er schaute hilflos nach unten und bemerkte zu seiner Bestürzung, dass vom Lichtermeer in der Ferne kaum noch etwas zu sehen war.

„Stephan!" wimmerte Lucy, „hol mich hier raus!"

Es klang, als sei sie dabei, ihren Verstand zu verlieren. Stephan riss sich zusammen.

„Sicher gibt es da unten ein Stromproblem. Aber wir müssen warten, bis wir unten sind. Wie soll ich dich hier rausholen? Hast du einmal in die Tiefe gesehen?"

Stephan biss sich auf die Lippen. Der letzte Satz war ihm rausgerutscht, so ein Mist. Der war völlig daneben. Wo es überhaupt fast ein Wunder war, dass Lucy – mit ihrer Höhenangst – sich in die Gondel gewagt hatte.

Mittlerweile hatten sie wirklich an Höhe gewonnen. 135 Meter hoch, grübelte Stephan, da dürften wir – wenn man sieht, dass kaum noch Gondeln über uns sind…

Er merkte, dass seine Gedanken die Spur verloren. Er blickte hinauf und sah, wie in der Gondel über ihnen kein Mensch mehr stand! Vermutlich wollte keiner mehr aus der Nähe hinaussehen…

Stephan spürte, wie ihm warm und kalt wurde. Nein, nicht warm und kalt, dachte er: Eher kalt…Ist es hier kalt oder bilde ich mir das ein?

„Stephan, ist dir auch kalt? Mir ist auf einmal so kalt…"

Stephan packte seinen Sakko und legte ihn über sie. Wenn nur diese Pakistani endlich aufhören wollte mit ihrem unverständlichen Gemurmel! Es hörte sich an, als wäre sie in Trance. Nun blickte auch Lucy zu ihr und ihre Angst wuchs.

„Es dauert nicht mehr lange und wir sind oben", versuchte er sie zu beruhigen. Im gleichen Moment merkte er, dass das natürlich kein Grund zur Beruhigung war.

„Und wir sind *o b e n*??? Ich will nicht nach oben, ich will nach unten! Ich will hier raus, Stephan! Tu endlich etwas!"

„Was soll ich denn tun? Glaubst du, ich kann die Richtung ändern?"

Auf einmal stand ein anderer Stephan vor ihr, jemand, dem nichts mehr einfiel und der ratlos war.

„Du hast vorhin gesagt, es dauert 30-40 Minuten" stieß sie atemlos hervor, „das ist viel zu lange, so lange will ich nicht, kann ich nicht, du musst…Sag ihr was, sie soll unten anrufen, sofort, die sollen sehen, dass wir schneller unten sind, dass wir hier rauskommen, dass sie das Tempo erhöhen, dass sie…"

„Lucy, es geht nicht schneller! Wir sind schon bald an der Spitze…"

„An der Spitze??? 135 Meter?"

Lucy wurde wieder hysterisch. Es war, als wäre ihr erst jetzt bewusst, wie hoch, wie furchtbar hoch das Riesenrad war. 135 Meter…Dann konnten sie nicht mehr zu der Gondel über ihnen blicken, dann waren *sie selbst* oben…: GANZ OBEN…, ALLEIN…, AUF DER SPITZE…

„Ganz ruhig, Lucy, alles wird…, erm, wird gut gehen, wir fahren doch…, fahren doch ganz gleichmäßig. Genauso kommen wir wieder runter, es dauert nur noch einige Minuten."

Warum hört sich meine Stimme so seltsam an, wo ist meine sonstige Überzeugungskraft, Lucy macht mich nervös, sie bringt mich aus dem Konzept.

„Alles wird gut gehen???" Lucys Stimme klang seltsam überspannt.

„Das sagt man normalerweise, wenn etwas *nicht* gut geht…

Stephan, *sag* mir, was los ist, du weißt es bestimmt, *nein*, NEIN, sag mir nichts, Stephan…besser, du sagst mir nichts!"

Gleichmäßig, ja, er hat Recht, die Fahrt verläuft so reibungslos, so leise und sacht, ganz ruhig. Vielleicht waren es ja Wolken, die sich vor den Mond und die Sterne geschoben haben und die Farben müssen eine Luftspiegelung gewesen sein, eine Täuschung, wegen der Höhe, ja, natürlich, oder vielleicht gehört das hier zum Programm? Die können doch heutzutage mit Lasern vieles…

Lucy hielt kurz inne, die Gondel schien gerade ganz oben angekommen zu sein. Deshalb verzögerte sich die Bewegung, das war gut, ja, gut geplant, so kann man nochmals hinaussehen, und der Übergang nach unten geht sacht vor sich, die denken an alles, diese Techniker, wie gut, dass die ihr Handwerk…

„Stephan? Sag ihr, sie soll endlich aufhören mit ihrem fürchterlichen Singsang, die macht mich ganz verrückt! Wenn sie um diese Uhrzeit Gebetszeiten hat, muss sie eben in einer anderen Schicht arbeiten."

Lucy krallte ihre Hände zusammen. Sie rieb ihre Finger und versuchte vergeblich, sie zur Ruhe zu bringen. Die Gondel war offensichtlich ganz oben angekommen. Offen*sichtlich*? Nein, denn Lucy schaute nicht, ob sie unter sich, tiefer oder zur Seite Gondeln ausmachen konnte. Aber sie wusste es, da jetzt die gut kalkulierte Pause eingetreten war. Das Rad schien etwas auszuruhen. Wenn es sich auch langsam bewegte, merkte man die Bewegung normalerweise ganz leicht. Doch nun bewegte es sich gerade nicht. Der Übergang nach unten sollte bestimmt ganz sachte vonstatten gehen.

Ja, sie musste den Technikern vertrauen, das war es, vertrauen.

Lucy sah, dass die Champagnerflasche und die Gläser am Boden lagen. Seltsam, dass Stephan nicht darauf geachtet hat…Aber immerhin geht es jetzt hinunter und dann *nie wieder*, *NIE WIEDER* steige ich hier ein, schon gar nicht am späten Abend, wenn der Mond…

Warum ist Stephan so still?

Es war ihm gelungen, die Pakistani etwas zu beruhigen. Sie betete zwar noch, aber leiser im Hintergrund.

„Wir sind jetzt ganz oben, Stephan" versuchte sich Lucy Mut zu machen, „ich weiß das, weil das Rad gerade eine kleine Pause eingelegt hat."

Stephan zuckte zusammen. Ihm fuhr ein Schreck in die Glieder, der mit Beklemmung einherging. Er sah verstohlen zu Lucy. Ihr Gesichtsausdruck hatte sich so merkwürdig verändert.

Eine Pause? dachte er, was für eine Pause…? Nun merkte er deutlich, dass der schreckliche Verdacht, der eben in ihm aufgestiegen war und den er nicht wahrhaben wollte, begründet war. Das Rad bewegte sich überhaupt nicht mehr, die Gondel stand still und es stimmte, sie waren genau an der Spitze.

Stephan atmete gepresst. Er hatte das Gefühl, dass ihm das Blut aus dem Kopf entwich und seine Hände noch kälter wurden. *Noch* kälter? Ja, es ist kalt hier, wie kommt das, war es vorhin schon so kalt?

„Warum sagst du nichts?"

Lucy stand langsam auf. Ihr war, als müsse sie eine Lähmung ihrer Glieder abschütteln. Wie eine Traumwandlerin ging sie mit starrem Schritt nach vorn. Vorsichtig näherte sie sich und blickte zu der Gondel, die etwas unter ihr war. Sie konnte nur schemenhaft erkennen, aber es schien, dort herrschte große Aufregung. Lucy wurde noch bleicher im Gesicht. Ihr Magen zog sich in Krämpfen zusammen. Ihr begann langsam übel zu werden.

„Sag ihr, sie soll unten anrufen, schnell, mach schon, wir stehen still oder? Stehen wir still? Stephan, sie soll anrufen, dass sie das Rad wieder in Bewegung setzen, ich will hier raus!!!"

Lucy war wie von Sinnen. Die Frau aus Pakistan hielt ihr Handy in der Hand. Sie schüttelte den Kopf. Lucy war schlagartig klar, was das bedeutete, aber sie wollte es nicht wahrhaben. Sie bekam keine Verbindung mehr.

Sicher haben sie unten schon alle Hebel in Bewegung gesetzt...

„Gleich geht es weiter, oder? Stephan, sag, dass es gleich weiter geht!"

Lucy bewegte sich, als habe sie jemand durchgeschüttelt. Das Riesenrad bewegte sich nicht und, was noch schlimmer war: Es war schon wieder dunkler geworden.

Wohin sie auch sah, waren Lichter ausgefallen. Lucy presste ihre Hand gegen das Herz, so, als könne dies helfen. Sie sah sich nach allen Seiten um, ganz schnell, hin und her, so wie ein Scheibenwischer sich an einer Windschutzscheibe bewegt. Stephan ging zu ihr und trat dabei auf ein Champagnerglas. Es klirrte.

„Soll das jetzt ein gutes Omen sein?"

Lucy sah ihn an und bemerkte, dass sie ihn schlechter sehen konnte. Es war deutlich dunkler geworden, sie fröstelte. Stephan umschlang sie, er wusste nicht, was er sagen sollte. Dann drehte er sich um. Die Frau aus Pakistan kauerte am Boden und betete unaufhörlich. Beinah hätte er: *Verdammt! Hör auf!* geschrieen, doch die Worte formten sich nicht. Wozu auch? Vielleicht half es ihr.

„Stephan! Hörst du das auch..?"

Die Frage hatte keinen Sinn, denn es war nicht zu überhören. Nun nahm auch Stephan das Heulen war, ein langgezogenes, Furcht einflößendes Heulen, das nur von Winden kommen konnte. Es klang unheimlich.

„Es klingt ganz furchtbar, was ist das???"

Stephan versuchte, seine Stimme zu festigen. Sie sollte nicht merken, dass, wie eine Kletterpflanze, längst Angst in ihm aufgestiegen war und ihn immer mehr in den Griff bekam.

„Das sind…, nun, das sind Winde."

„W I N D E? Stephan, denkst du, ich bin ein Kind? *Kein* Wind heult so! Es klingt, als wäre ein riesiges Tier verwundet und schriee vor Pein. Das ist ein Sturm!"

Lucy brach in Tränen aus. *Ein Sturm?* dachte Stephan. Nein, das ist nicht *nur ein Sturm*. Es hört sich an, als wären viele auf einmal los. Das ist nicht ein Hund von einem Sturm, das ist eine ganze Meute…, eine riesige Meute, die ein Dämon über das Land peitscht.

Ein Dämon? Wieso sage ich ein Dämon? E i n e r? Es müssen ganz viele sein.

Das Heulen und Brausen wurde stärker. Die Pakistani, die eben noch in Urdu gebetet hatte, war verstummt. Lucy war drauf und dran, sie anzuschreien: Warum betest du nicht mehr?!

Wie seltsam, fuhr es Lucy durch den Sinn: Vorhin konnte ich es nicht mehr hören und nun stört und beunruhigt mich, dass sie verstummt ist. Sie betet nicht mehr…Da rückte die Frau auf einmal näher an sie heran, so wie sich ein verängstigtes Tier im Wald näher an einen Baum drückt.

Wie unheimlich still wäre es hier oben, dachte Lucy, wenn nicht das Heulen des Sturmes zu hören wäre. Ich habe Angst, mein Gott, ich habe Angst. Lucy weinte hilflos in sich hinein. Da wurde sie durch einen lauten Knall aufgeschreckt. In der Ferne waren Donner zu hören, eine ganze Folge von Donnern, wie ein Trommelfeuer, zugleich zuckten unglaubliche helle Blitze auf, die die Dunkelheit wie einen Vorhang zerrissen. Lucy kam es vor, als habe sie von den unteren Gondeln Schreie gehört. Aber das konnte täuschen…Hatte sie selbst geschrieen? Sie merkte, dass sie nicht mehr klar denken konnte.

„Stephan, wo bist du? Warum bist du so still?"

Stephan stand mit weit aufgerissenen Augen und offenem Mund da. Was vor einiger Zeit noch eine herrliche Skyline war, die er Lucys Augen voller Stolz und Zufriedenheit dargeboten hatte, wie unfassbar anders lag es nun vor seinen Blicken. Nun ging auch Regen hernieder. Seine Angst schien sich von einer Kletter- in eine Schlingpflanze verwandelt zu haben. Warum nur fielen ihm immer wieder die Worte 'Wie ein Dieb in der Nacht' ein? Dabei fielen sie eigentlich nicht ein, sie jagten vielmehr durch seinen Geist.

Wie ein Dieb in der Nacht...Wer kam wie ein Dieb in der Nacht? Wo hatte er die Stelle gehört oder gelesen...?

Nacht, ja, es war Nacht. Die Sterne, wo waren die Sterne, wo der Mond?

Während seine Augen langsam den Himmel durchwanderten, stellte er mit Entsetzen fest, dass kein einziger Stern mehr zu sehen war. Nun, da die Donnerschläge für einige Zeit verstummt schienen, heulten die Stürme umso mächtiger.

Mit nacktem Entsetzen merkte er, wie die Gondel sich bewegte. Ja, er hatte es längst gemerkt insgeheim, sie schaukelte leise von einer Seite zur anderen. Oder kam es ihm so vor? Seine Gedanken durchzuckte ein neuer Blitz, der über der Megacity hereinbrach, so als wolle er sie spalten. Ein furchtbarer Donnerschlag folgte. Das Heulen des Sturms begleitete ihn, so als würde hier ein Konzert aufgeführt. Stephan schritt langsam nach vorn, benommen, als habe ihm jemand einen schweren Schlag versetzt und er habe noch nicht ganz seine Besinnung zurückgewonnen. Als er zur Themse blickte, brach eine noch größere Panik in ihm aus. In der Tiefe sah er, wie ein Schiff in die Höhe gehoben wurde und ein mächtiger Sturm es weit weg schleuderte, bis es in Stücke zerbrach. In der Tiefe tobte das Wasser und stieg in unglaubliche Höhen auf, die auch sein Entsetzen ansteigen ließen. Er hörte Lucys Atem. Sie war ganz nah an ihn heran gekrochen, wie ein kleines, von nacktem Grauen erfasstes Kind.

Our father in heaven...

„Our father in heaven… (Vater unser im Himmel…) , hörte er nun und es klang, als wisse sie nicht mehr weiter.

„Thy will be done…, thy kingdom come…Forgive us our trespasses as we forgive... as we forgive those..." („Dein Wille geschehe..., dein Reich komme...Vergib uns unsere Schuld, wie auch wir vergeben... wie wir denen vergeben...").

Lucy umklammerte ihn. Als Stephan hinausblickte, erstarrte er.

„Nein, das kann nicht..., das kann nicht sein!!!"

Tief unten in der Stadt musste Feuer ausgebrochen sein. An vielen Stellen loderten Flammen auf. Noch schrecklicher war, was er nun sah. Er konnte den Schrei nicht unterdrücken: Es regnete FEUER!!!

So wie ein Platzregen plötzlich niedergeht, so dass man überall nur noch Regen, Regen, Regen sieht und hört, ging auf einmal Feuerregen hernieder. Ihm war, als könne er nicht mehr denken, sprechen und sich nicht mehr bewegen.

Hätte ihm in diesem Moment jemand gesagt, dass ihm unmittelbar danach noch ein entsetzlicherer Schreck in die Glieder fahren würde, hätte er es nicht geglaubt. Nun aber sah er fassungslos, wie eine ganze Wolkenfront heranrückte, die in tiefes, glühendes, Furcht erregendes Rot getaucht war. Heulende Stürme rasten durch die Luft und trieben den Feuerregen zunächst in eine Richtung. War er etwa schon auf das Riesenrad und die Gondeln gefallen? Nun hörte er auch wieder die Stimme der Pakistani, die sich mit dem Gewimmer Lucys seltsam vermischte. Das Rad stand still. Stephan versuchte vergeblich, nicht daran zu denken, in welcher Höhe sie festsaßen. Aber die Wasser der Themse wurden gepeitscht, es sah aus, als spielte der Fluss verrückt. Bildete er es sich ein oder hatte das Riesenrad eben leicht geschwankt? Nein, nein, das konnte nicht sein, sicher bin *ich* nur geschwankt, oder doch, nur ganz leicht zur Seite...? Sein ganzer Magen verkrampfte sich, ihm wurde übel, zu atmen fiel schwer. Es war dunkel geworden in der Gondel, sonst hätte man sein bleiches Gesicht besser erkennen können.

Hatte er vor einiger Zeit noch geglaubt, dass er das Leben gut im Griff habe, so spürte er nun, dass ein Ereignis über sie alle hereingebrochen war, das niemand in den Griff bekommen würde, das vielmehr mit unvorstellbar großen und mächtigen Fangarmen alle und alles im Griff hatte. Wieder erschütterten Donnerschläge die Erde. Hatte er eben Schreie gehört?

Schau nicht hinaus, Lucy!

"Schau nicht hinaus, Lucy!"
Oh, hätte ich doch nichts gesagt. Lucy sah erschrocken auf und blickte hinaus. Als sie den Feuerregen entdeckte, schrie sie auf, ihr Schrei schien kein Ende nehmen, bis er auf einmal erstickte. Das Unwetter war noch schlimmer geworden, nun ging es Schlag auf Schlag, als hätten sich Beben, Donner und Blitz, Feuer und Regen verbündet und würden gemeinsam über die Stadt und ihre Bewohner, wie über Beute, herfallen. Lucy dachte an ihre Eltern, Erlebnisse und Gesichter, Begegnungen und Ereignisse ihres Lebens zogen blitzartig vorbei, während sie Bruchstücke des *Vaterunser* stammelte und Tränen über ihr angststarrtes Gesicht liefen. Längst war deutlich spürbar, dass das Riesenrad ins Wanken geraten war.

Es hatte keinen Sinn mehr, sich etwas vorzumachen. Lucy verbarg ihr Gesicht in ihren Händen und schrie gleichsam in sich hinein. Das Heulen des Sturms hörte sich an, als käme es näher. Feuer regnete herab und traf vereinzelt auch auf das Riesenrad. Funken leuchteten auf und fielen hinab. So tief…, oh, wie tief…, wie furchtbar tief… Als hielte es eine unsichtbare Macht auf beiden Seiten in eisernem Griff und beginne, es sachte zu schütteln, so begann sich das Riesenrad langsam hin und her zu neigen. Da ertönte ein ungeheueres Beben, die Erde musste in einiger Entfernung geborsten sein, während der heulende Sturm seinen Angriff in andere Richtung zu lenken begann. Das Riesenrad hielt kaum noch stand. Als ein Nachbeben folgte, gab es langsam nach, senkte sich, erst unmerklich, nach vorn und stürzte dann unter heftigen Schauern aus Feuerregen in den tiefsten Abgrund.

Malta, Valletta - Oh, Michael…

Neben dem ständigen Heulen der Stürme in der Luft war nun auch noch das Weinen der Familienmitglieder zu hören. Teresas Vater war es gelungen, das Fenster zu schließen. Teresa war die furchtbare Aufgabe anvertraut worden, ihrer Mutter die Nachricht vom Tode Michaels zu überbringen.

Ihr Sohn lag nunmehr seit einem Tag – oder war es schon länger? Bei dieser Finsternis verlor man den Sinn für die Zeit – in seinem Zimmer aufgebahrt. Teresas Mutter kauerte unter dem Bild der Schmerzensreichen Mutter, das in der Ecke ihres Wohnzimmers hing. Sie ähnelte immer mehr dem Bildnis der trauernden Maria. Erst hatte sie es nicht wahrhaben wollen: Vielleicht war ihr Sohn nur einer Ohnmacht erlegen? Hatte ihn ein leichter Blitzschlag getroffen? Sicher würde er bald wieder die Augen öffnen, ein Stammeln von sich geben und sich wieder erheben…Oh, Michael…

Aber insgeheim war ihr längst klar, dass er tot war: Ein Blick genügte. Als sie sich für einen Moment abgewandt hatte, überprüfte ihr Mann in einem verzweifelten Versuch Michaels Puls und schüttelte traurig den Kopf. Er ahnte nicht, dass sich seine Frau in diesem Moment umgedreht hatte. Nun kauerte sie, selbst eine von Schwertern des Schmerzes durchbohrte Mutter, und weinte – von lautem Klagen unterbrochen – vor sich hin. Teresa legte ihren Arm um sie. Was sollte sie tun, wie sollte sie ihre Mutter beruhigen? Beruhigen?

Nein, hierfür gab es keine Ruhe. Michael…, warum habe ich dich nicht zurückgehalten, als du die Treppen hinaufgingst…? Ich hätte es ahnen sollen, oh, Michael! Nun weinte auch sie von neuem, während ihr Vater mit versteinertem Gesicht, wie eine Skulptur des Schmerzes, dasaß.

Teresa streichelte die Hand ihrer Mutter und sprach:

Ave Maria

Sliem Ghalik Maria

Bil-grazzja mimlija

Is-sinjur mieghek

Imbierka inti fost in-nisa

Imbierek il-frott tal-guf tieghek Gesu'

Qaddisa Maria omm Alla

Itlob ghalina midinbin

Issa u fis-sigha tal-mewt taghna

Ammen.

(Dies ist das AVE MARIA auf Maltesisch.)

Ihre Mutter lauschte der Stimme Teresas und nickte. Für einen Moment war ihr, als habe ihr jemand freundlich über Wange und Stirn gestrichen und sie an sich gezogen.

Der Prophet Jesaia spricht:
Weh der schuldbeladenen Nation! Sie haben den Herrn verlassen, den Heiligen Israels haben sie verschmäht und ihm den Rücken gekehrt.
Wenn ihr eure Hände ausbreitet, verhülle ich meine Augen vor euch. Wenn ihr auch noch so viel betet, ich höre es nicht. Eure Hände sind voller Blut. (Jes 1, 4, 13-15).

Paris

Als die Erde unter Frankreich mit einem Epizentrum bebte, das von Paris weit, doch nicht weit genug entfernt war, warfen Touristen gerade aus der Höhe von Aussichtsplattformen des Eifelturms Blicke über das Häusermeer von Paris.

Hätte ihnen zu Tagesanbruch jemand vorausgesagt, dass dies heute ihr letzter Tag sein würde, hätten sie die Vorhersage kopfschüttelnd oder unter Gelächter abgetan. So wie ein Krake im Meer plötzlich und zielsicher Fangarme auswirft und das Opfer ihm nicht entgeht, so übte das Beben nun auch in der stolzen Hauptstadt seine verheerende Wirkung aus. Das Beben war der Auftakt schnell einsetzender Dunkelheit, die sich wie ein riesiges, bedrohlich wirkendes Tuch über Stadt und Land legte. So wie ein vom Sturm entwurzelter Baum zum Sturz verurteilt ist, so verlor auch der Eifelturm, das filigran-robuste Meisterwerk der Ingenieurskunst, beeindruckend schnell festen Stand. Wer im Inneren der Cafés eingeschlossen war und so in die Tiefe stürzte, erlitt noch ein besseres Los als die, die es über Brüstungen und Plattformen schleuderte. Das Heulen des Sturms sorgte dafür, dass die Schreie der Menschen sich wie kleine Fußnoten unter einer gewaltigen Partitur des Schreckens verloren. Ein unbeteiligter Außenstehender – den es nicht gab – hätte fast meinen können, hier werde ein aus Streichhölzern gebasteltes Spielzeug mit leichter Hand wieder zunichte gemacht, so wehrlos brach, barst und stürzte der über 300 Meter hohe Turm. Als er am Boden aufschlug und gewaltiges Getöse auslöste, war längst auch über Paris Feuerregen niedergegangen. Die *Opéra Nationale de Paris* (die Pariser Oper) und bekannte Hotels brannten, Rauch stieg auf. Die *Champs-Elysées* mit ihrem Glanz wurden nach und nach ein Raub der Flammen, die ein unaufhörlicher Sturm zusätzlich anfachte.

Die Luxusmeile Avenue Montaigne mit ihren Juwelieren, ihren Parfümerie- und Lederwarengeschäften hatte am Tag zuvor noch Chauffeure in Edelkarossen vorfahren gesehen, denen kaufkräftig-elegante Kundschaft, der eigenen finanziellen Bedeutung bewusst, entstiegen war. Nun sah man keine Portiers mehr, die sich dezent verbeugten und mit weißen Handschuhen Türen zu Räumen öffneten, die sich an Luxus überboten.

Der Prophet Amos spricht:
Darum lege ich Feuer an ihre Mauern; es frisst seine Paläste am Tag der Schlacht, beim Getöse am Tag des Sturms. (Buch Amos, 1, 14*).*

So wie ein Feuer in der Steppe schnell zum Flächenbrand wird, da trockene Gräser nichts entgegensetzen können, sondern ihm nur neue Nahrung geben, so wurde die glorreiche Stadt Paris, soweit ihre Arrondissements noch nicht dem Erdboden gleichgemacht waren, eine Beute des Feuers. In den Prachtstrassen, den Bahnhöfen, der Metro, überall bot sich ein ähnliches Bild. War das Beben unmittelbar zur Kenntnis gelangt, war die zunehmende Dunkelheit und Kälte schnell zu sehen und zu spüren gewesen, so verbreitete sich die Kunde vom Feuerregen und den Bränden mit einiger Verzögerung, doch schnell genug aus. Menschenmassen trieben auseinander, jagten bald planlos, bald zielgerichtet umher und durcheinander. Die Sirenen der Rettungsdienste, soweit sie noch funktionierten, waren im Brausen und Tosen, im Heulen des Sturms kaum zu hören. Als habe eine unsichtbare und machtvolle Hand überall in der Stadt an ausgewählten Punkten Fackeln hinabgeworfen, so brannte nun ein Gebäude nach dem anderen: Hotels und Lagerhallen, Bahnhöfe und Häuser, in Straßenfluchten und Hinterhöfen, auf Dächern, überall loderten Zungen von Feuer auf. Als der Wind stärker geworden war und begann, giftige, stickige Gase vor sich herzutreiben, waren die Straßen der Stadt bald von Leichen übersät. Wer es nicht mehr schaffte, sich in Sicherheit zu bergen, wer dem, was sich nun in den Lüften abspielte, aus Neugier, Unglauben oder in Empörung ins Auge blickte, kam augenblicklich ums Leben. Eine große Zahl von Menschen hatte sich in Kirchen retten können, die noch geöffnet waren.

Die Stimme des Erzbischofs

Der Erzbischof von Paris, der in *Notre Dame* ein Hochamt gehalten hatte, scharte nun verängstigte Menschen um sich, die beim Licht der Altarkerzen seine kraftvolle Stimme hörten:

„Saint Michel l'Archange, défendez nous dans la bataille. Soyez notre défense contre la méchanceté et les pièges du diable. Dieu peut le réprimander, nous vous en prions humblement . Et vous, le Prince de l'hôte céleste, par la puissance de Dieu, poussez satan en enfer et pour qu'il puisse arrêter d'enrober le monde pour la ruine des âmes. Amen."

("Heiliger Erzengel Michael, verteidige uns im Kampf; gegen die Bosheit und die Nachstellungen des Teufels sei unser Schutz. Gott gebiete ihm, so bitten wir flehentlich, Du aber, Fürst der himmlischen Heerscharen, schleudere den Satan und alle anderen bösen Geister, die zum Verderben der Seelen in der Welt umherziehen, mit Gottes Kraft hinab in den Abgrund der Hölle. Amen.")

Daraufhin gab er seinem Küster Anweisung, die Kirchentüren weit zu öffnen und die Menschen, die sich in der Nähe aufhielten, in der Kathedrale in Sicherheit zu bringen. Als alle beisammen standen, gab er ihnen einen Wink. Mit festem Schritt, den Bischofsstab in der Hand, ging er in die Krypta voraus. Er schloss kurz die Augen. Dann erhob er seine Stimme, die im ganzen Umkreis gut zu vernehmen war. So wie sich eine Schriftrolle langsam entfaltet und nach und nach einen Text offenbart, deutete er ihnen nun die Ereignisse, die über Paris hereingebrochen waren. Sein in langen Studien und steter Lektüre geübtes Gedächtnis stellte ihm den Inhalt der Prophezeiung vor, die ihm schon seit seiner Kindheit bekannt war. Er gab sie in großen Zügen wieder, dann ging er auf die Menschen zu. Hier schüttelte er Hände, dort machte er Mut, stärkte den Glauben, richtete Verängstigte auf, segnete Kranke,

Alte und Kinder. Er scharte alle um sich und hieß sie noch näher zusammenrücken. Er selbst stimmte ein Kirchenlied an, dessen jahrhundertealte Melodie und bewegender Text eine große Wirkung entfalteten. Als es verklungen war, trat in der Krypta für kurze Zeit Stille ein. Doch sie wurde bald wieder von der Stimme des Erzbischofs durchdrungen, der als Vorbeter auftrat.

In den Straßen von Paris stießen unterdessen Einzelne erhobenen Hauptes im Anblick der schrecklichen Heimsuchung Flüche und Gotteslästerungen aus und reckten in glühendem Zorn und Hass Fäuste empor. Sie wurden von Stürmen erfasst, zerschellten an Mauern wie Wasser an Klippen oder wurden von Blitzen getroffen, die das Gericht über ihr Leben vollstreckten. So loderten ihre Körper noch einmal auf und vermischten sich dann mit der Asche, die so vieles bedeckte.

Der Prophet Jeremia spricht:
Dann werde ich mein Urteil über sie sprechen und sie strafen für alles Böse, das sie getan haben, weil sie mich verlassen, anderen Göttern geopfert und das Werk ihrer eigenen Hände angebetet haben.
(Buch Jeremia 1, 16).

Seoul / Südkorea

Er warf noch einmal einen Blick auf die Karte des Hotels. Der Vorstandsvorsitzende des koreanischen Unternehmens, mit dem seit langer Zeit eine enge Geschäftspartnerschaft bestand, hatte sie ihm freundlicherweise zugeschickt:

Grand Seoul Parnas, 521 Teheran-Ro, Gangnam-Gu,
Seoul, 135-732, Korea, Front Desk: +82-2-5555656.

Dann entkam er dem Gedränge der U-Bahn und bahnte sich seinen Weg zum nächsten Taxistand. Wirklich zuvorkommend von den Koreanern, dass sie die Reservierung übernommen hatten: *Executive Floor, Executive Suite*…, hört sich gut an.

Im Taxi überflog er noch einmal die neueste Email von Mr. Lee:
„…The Metropolitan Fitness Club (on the third floor) includes an indoor swimming pool, gym, sauna…" ("…Das Metropolitan Fitness

Center (im dritten Stock) bietet Ihnen ein Schwimmbad, ein Fitnessstudio, eine Sauna…")

Am Ende protestieren die noch, wenn wir die Hotel-Rechnung selbst zahlen wollen. Ich könnte wetten, die haben das schon vorher arrangiert…Soll mir recht sein. Praktisch, dass ich dem Fahrer gleich die Visitenkarte zeigen konnte. Sein Englisch klingt eigenwillig…

Er blickte hinaus und ließ Szenerien der gigantischen Metropole auf sich wirken. Hochhäuser und Straßenfluchten zogen an seinem Blick vorbei, Menschen huschten in und aus Kaufhäusern, der Fahrer legte ein ganz schönes Tempo vor.

Das kleine Programm, das sie für mich zusammengestellt haben, klingt interessant. Ein paar Namen sollte ich schon auswendig können…Macht bestimmt einen guten Eindruck. Sind ja, wie ich gehört habe, sehr höflich, die Leute um Mr. Lee…

Er überflog einige Stichpunkte aus dem angekündigten Programm:

Der Gyeongbokgung-Palast liegt in der Innenstadt von Seoul und ist der Hauptpalast. Korea-Reisende können dort mit der traditionellen koreanischen Kultur in Berührung kommen…

Gyeongbokgung…Wer soll sich denn das merken?

Am Gyeongbokgung-Palast kann man die Ablösezeremonie der Torwächter beobachten.

Wie kam Mr. Lee darauf? Das fehlt mir gerade noch. Zieht sich bestimmt endlos in die Länge…Er blickte wieder durch die Scheibe nach draußen. Fährt der mich in eine andere Stadt oder ist das immer noch Seoul?

Gyeongheegung-Palast, da will er mich auch noch hinschleppen. Ausflüge zu Tempeln und zum Nangang-Park…

Er schloss für einige Zeit die Augen. Als er sie wieder öffnete, sah er vom Taxi aus das lächelnde Gesicht eines Mannes in Frack und Zylinder, der vor der Eingangstür des Hotels stand. Er zahlte und stieg aus. Der Mann kam ihm lächelnd entgegen und senkte leicht seinen Kopf. Dann streckte er eine Hand aus, die in einem weißen Seidenhandschuh steckte, und beförderte seinen Koffer ins Hotel. An der Rezeption lauschte er dem Singsang der Rezeptionistin, die gerade einen Einheimischen bediente:

„Eoso osipsio. Yeyak-hasyeosseumnikka? Seong-hami eotteke doesijyo?"

(„Guten Tag. Haben Sie reserviert? Wie ist Ihr Name?")

Was für eine Sprache… Da bräuchte ich hundert Jahre für Grundkenntnisse.

Von seinem Zimmer aus hatte er einen grandiosen Blick über Seoul. Es dauerte nicht lang und schon klingelte das Telefon: „Mr. Lee calling for you, Sir…" („Herr Lee ist für Sie am Apparat…")

Die Zeit verging wie im Flug: Einladung zu einer Firmenpräsentation, Ausflüge und Besichtigungen, zwischendurch eine Geschäftsbesprechung, Besuch eines Teehauses und des Gewürzmarktes…Er spürte, wie ihn Korea zu faszinieren begann. Seinem Chef würde er viel zu erzählen haben. Die Dolmetscherin war ausgezeichnet. So konnte er den Andeutungen von Herrn Lee mühelos folgen, der über eine mögliche Ausweitung der gegenseitigen Geschäftsbeziehungen sprach.

Das hat der aber auch gut eingefädelt…Oder sind die von Natur aus so freundlich und höflich? Wie dem auch sei, entscheiden über die Vertragsunterzeichnung werden sowieso andere.

Für den Abend vor seinem Rückflug hatte Mr. Lee sich noch etwas Besonderes ausgedacht: Eine Aufführung im *Chongdong-Theater*, samt Simultandolmetscherin Hyewon Cho, die ihm zwischendurch diskret die Übersetzung ins Ohr hauchte. Die *Sori* genannten Klänge Koreas, der einzigartige Fächertanz, begannen ihn mit ihrer fernöstlichen Anmut zu verzaubern. *Am liebsten würde ich länger bleiben*, dachte er. Er war erstaunt, wie ganz anders er nun seinen Aufenthalt sah, denn vor der Anreise hatte er sich wahrlich nicht um den Auftrag gestritten.

Dass Mr. Lee ihn nach der Aufführung zum Gruppenfoto mit den Künstlern herbeiwinkte, hatte ihn schon überrascht.

Aber zusammen mit der Dolmetscherin nahm er die Sache mit Humor auf. Die gewisse Anspannung vor dem Treffen mit Mr. Lee, dem er als Repräsentant des Unternehmens erstmals begegnet war, hatte sich längst gelöst.

Zu seinem großen Stimmungsumschwung hatten auch einige Aufmerksamkeiten beigetragen, die Mr. Lee heimlich mit der Leitung des Luxushotels arrangiert haben mochte. So klopfte abends eine Dame an, die ihm anbot, eine Pediküre vorzunehmen. Im hoteleigenen Spa wurde er verwöhnt, immer mit dem Hinweis, Mr. Lee habe die Rechnung schon beglichen. Wenn er dann nach einem Dampfbad sein Zimmer wieder betrat, schien ihm, als habe zuvor eine aufmerksame Person die Räume noch schnell mit Apfel- und Jasminduft besprüht.

Der Tag des Rückfluges war gekommen. Mit einem Zwischenstop in Singapur würde es wieder nach Frankfurt gehen. Mr. Lee hatte es sich nicht nehmen lassen, ihm mit der Dolmetscherin entgegenzufahren. In einer eigenen Business-Suite, ein Stock höher gelegen, machte Mr. Lee ihn noch mit 'seiner rechten Hand' Mr. Chong, bekannt. Dieser – so sagte er – würde ihm bei der Abfassung des Vorvertragsentwurfes zur Seite stehen.

Ein letzter Austausch von Businesscards und Hyewon Cho ging zum Aufzug voraus. Seinen Koffer hatte Mr. Lee über einen Hotelpagen schon nach unten zum Taxi bringen lassen. Die Aufzugstür öffnete sich. Die Koreaner waren gut im Organisieren. Erstaunlich, wie reibungslos und perfekt alles arrangiert war!

Mr. Chong stieg als letzter ein. Er hielt seine elegante Aktentasche fest und räusperte sich. Hyewon Cho drückte auf den Knopf, der die Fahrt zur Rezeption auslösen würde. Mr. Lee hielt den Kopf leicht gesenkt. Nach soviel angeregter Unterhaltung trat auf einmal Schweigen ein. Lag es daran, dass alle nunmehr etwas ermüdet waren, lag es an der Beklemmung, die sich oft vor Abschieden einstellt, hing jeder eigenen Gedanken nach?

Wie lautlos der Aufzug…

Der Gast aus Deutschland staunte einmal mehr über den hohen Stand von Einrichtung und Technik, der das ganze Hotel auszeichnete. Wie lautlos sich der Aufzug in Bewegung setzte. Was mochte wohl Hyewon Cho denken? Sicher war sie in Gedanken schon beim nächsten Dolmetschertermin.

Er blickte gerade auf das Display, das erkennen ließ, wie schnell der Aufzug aus einem der höchsten Stockwerke hinabfuhr, als er plötzlich zum Stehen kam.

Von denen, die im Aufzug waren, zunächst unbemerkt, hatten stürmische Unwetter Korea erreicht. Von Donner und Blitzen begleitet, fegten starke Winde über das Land, die überall ein Bild der Verwüstung hinterließen. Die Erde bebte zeitgleich zu Korea auch in China und Thailand, nicht viel später auch in den übrigen Ländern im weiteren Umkreis.

Während große Gebäude und Kaufhäuser einstürzten und zahlreiche Menschen unter sich begruben, setzte der Feuerregen erst etwas später ein, so als habe er erst darauf gewartet, dass jemand den entsprechenden Takt vorgebe.

Die Stromversorgung war in vielen der 25 Bezirke von Seoul zusammengebrochen. Der Cheonggyechon Fluss, der sich über 6 Kilometer durch die Stadt schlängelt, wurde unterdessen von heftigem Regen gepeitscht. Er stieg schnell an, überflutete Böschung und Mauern und bahnte sich seinen Weg wie ein kriechendes Reptil, das plötzlich seinen Gang beschleunigt. Wassermassen überfluteten Straßen und trieben Menschen in großer Geschwindigkeit vor sich her.

Mr. Lee stutzte, zog die Stirn in die Höhe und flüsterte Hyewon Cho etwas zu. Diese drückte noch einmal auf den Knopf. Nichts bewegte sich. Auch Mr. Chong versuchte es, doch vergeblich. Merkwürdig war, dass das Display gar nichts mehr anzeigte und auch die Sprechanlage nicht bedienbar war. Mr. Lee, dem der kleine Vorfall sichtlich peinlich war, bat gestenreich um Entschuldigung. Mit einer Miene, die zu signalisieren schien 'Das haben wir gleich!' griff er in seine Sakko-Innentasche. Er zog sein Mobiltelefon heraus, drückte auf eine Taste und wartete…Als er keine Verbindung bekam, griff er unwillkürlich an seine Krawatte und lockerte den Knoten. Er lächelte etwas gequält, blickte dann leicht verstimmt und tilgte darauf auch diesen Ausdruck aus seinem Gesicht. Er blickte zu seiner rechten Hand, Mr. Chong, der den kleinen Wink verstand und auf den Alarmknopf drückte. Sicher kommen die Techniker gleich. Zu peinlich, dass das gerade jetzt passieren muss, dachte Mr. Lee, unerhört! So etwas habe ich in den letzten zehn Jahren nie erlebt. Was wird unser deutscher Gast denken…Wenn er es bloß nicht in Deutschland herumerzählt. Mr. Chong blickte ratlos auf. Es war offensichtlich, dass die Alarmanlage nicht funktionierte. Doch als er nun hinaushorchte, gefror ihm das Blut in den Adern. Es waren deutlich Schreie zu hören. Es klang, als stürzte eine ganze Gruppe durch das Treppenhaus.

Mr. Lee rückte seine Brille zurecht und wusste nicht, ob er lächeln oder streng blicken sollte. Als ihn der Blick seines deutschen Besuchers traf, senkte er den Kopf. Dann richtete er sich wieder ganz auf. Nun war seine Führungskompetenz gefragt, es galt, Herr einer verdrießlichen Situation zu sein. Er flüsterte Hyewon Cho etwas zu. Die Dolmetscherin nickte. Sie näherte sich der Aufzugstür und rief mit ihrer hellen, wohlklingenden Stimme hinaus. Dann sah sie den Deutschen, gleichsam um Entschuldigung bittend, an. Ihre Miene schien zu sagen: Es tut mir leid, aber das haben wir gleich. Sicher dauert es nur noch einen kleinen Moment. Mr. Chong versuchte indessen erfolglos, sein Mobiltelefon in Gang zu setzen. Er blickte erstaunt auf, als suche er nach einer Erklärung. Mr. Lee öffnete einen Knopf seines Anzugs und räusperte sich. Wann geht sein Flug? dachte er. Gar nicht auszudenken, wenn er wegen dieser verflixten Aufzugspanne den Flug verpasst und das in seinem Unternehmen erzählt.

Was für eine Pleite. Hyewon Cho flüsterte Mr. Lee etwas zu. Dieser nickte und es schien, als habe er eine gute Nachricht vernommen. Er räusperte sich und sagte:

„Frau Cho sagt mir gerade, dass um diese Uhrzeit die Damen vom Zimmerservice vorbeikommen. Die lasse ich dann einen Techniker rufen. Wir werden sicher gleich gehört. Ich werde zusehen, dass sie ein schnelles Taxi bekommen oder sie eigenhändig zum Flughafen fahren."

Es klingt nach Sturm…

Wieder lächelte er etwas gequält. Was für ein Zufall, wie können zeitgleich Aufzug und Handys nicht funktionieren! dachte er grimmig. Mr. Chong lauschte nach draußen. Was ist das, was ich da höre? Es klingt nach Sturm, bilde ich mir das ein oder höre ich eine Heulen von Winden? Nun hörten es auch die anderen.

Mr. Lee öffnete verstohlen einen weiteren Knopf seines Sakkos. Er bemühte sich, ruhig zu atmen. Sein Gast aus Deutschland überschlug im Kopf die Zeit, die schon vergangen sein mochte. Habe ich für die Fahrt zum Flughafen zu knapp kalkuliert? Unwillkürlich atmete er schwer, bemerkte es und versuchte wieder ruhig zu bleiben. Erstaunlich, wie eng so eine Aufzugskabine ist. Vorhin, beim Einsteigen war ihm das gar nicht aufgefallen. Sicher, vier Leute passten gut hinein, viel mehr aber auch nicht. Hyewon Cho klebte unterdessen fast an der Tür.

In rhythmischen Abständen ließ sie ihre Stimme erklingen: „Ist da jemand? Hallo? Würden Sie bitte unten Bescheid geben, dass sie einen Techniker heraufschicken?"

Mr. Chong hatte diesmal die Rolle des Dolmetschers übernommen, um den Gast aus fernen Landen über das zielgerichtete Handeln zu informieren. Mr. Lee versuchte sich nun an einer Analyse: Das Heulen, das zu hören ist, deute auf Unwetter. Merkwürdig, vorhin deutete nichts darauf hin. Nun, die Natur…Also gut, vermutlich ist irgendwo ein Stromnetz ausgefallen. Aber…– er bemühte sich um einen zuversichtlichen Gesichtsausdruck – es ist nur eine Frage der Zeit und das Missgeschick ist behoben. Nur eine Frage der Zeit? dachte er im selben Augenblick erschrocken: Das war nicht gut formuliert. Zu seiner Überraschung bemerkte er, dass sein Sakko mittlerweile ganz aufgeknöpft war. Hyewon Cho surrte indessen, fast klang es wie eine Katze. Mr. Lee war verstimmt, als er es hörte. Es war doch nicht möglich, dass ihr so schnell die Luft ausging. Sie ließ sich gehen! Eine etwas festere Stimme hätte er von einer Dolmetscherin schon erwartet. Mr. Chong fiel auf einmal das Wort *Platzangst* ein. Nicht dass er direkt darunter litt, nein, das nicht – oder vielleicht doch?

Zwei Stunden später kam es Mr. Lee vor, als sei es in der Aufzugskabine wärmer geworden. Fast heimlich und still hatte er sich seines Sakkos entledigt. Was er und die anderen freilich nicht wissen konnten: Das Hotel war inzwischen menschenleer.

Als die Stadt zusehends überflutet wurde, erste Beben aufgetreten waren und über Seoul Blitze aufzuckten, als das Heulen des Sturmes nicht mehr zu überhören war, hatten Hotelgäste scharenweise die Flucht ergriffen, bis der Direktor die Evakuierung anordnete, als in der Nachbarschaft Flammen bedrohlich näher kamen. Zuvor ließ er allerdings strikt überprüfen, ob niemand mehr auf den Zimmern war. Auch oben in den *Business Suites*, so wurde ihm bestätigt, war kein Mensch mehr auf den Zimmern. Der deutsche Gast, so sagte man ihm, sei gesehen worden, wie er ein Taxi zum Flughafen nahm. Mr. Lee hatte die Rechnung ja im Vorfeld beglichen. Nun rückte die Feuerwehr an und begann, den Eingangsbereich leer zu pumpen, denn Wassermassen überfluteten zusehends die Lobby.

„Ist da jemand?" surrte Hyewon Cho, „hallo?! Hallo?!!!"

Beinahe, ohne es zu merken, war sie in die Knie gegangen, so als könne man sie draußen besser hören, wenn sie aus halber Höhe spräche. Draußen? In den Gängen war es so merkwürdig still. Der deutsche Gast dachte mit Verdruß daran, dass sein Mobiltelefon in der Umhängetasche stecken musste, die Mr. Lee etwas voreilig hatte zum Taxi befördern lassen.

Wo aber, um Himmelswillen, steckte dann der Taxifahrer? Suchte er ihn? Vielleicht kommt er ja hier oben vorbei und sieht nach, ob ich noch auf dem Zimmer bin…, dann rufe ich ihn. Auffallend war auch, dass Mr. Chong sich auf einmal seltsam zu verhalten begann. Er beobachtete ihn unauffällig aus dem Augenwinkel und sah, wie er sich die Hände rieb, ständig die Brille neu justierte, sich durch die Haare fuhr, auf seine Uhr und auf und nieder sah. Die Schweißperlen auf dessen Stirn überraschten ihn. So warm war es doch gar nicht, oder doch? Ja, das war es. Er hatte es gar nicht wahrhaben wollen, die Luft hatte sich verändert. War es Wärme oder Schwüle und Kälte gleichzeitig.

Beinah hätte er gesagt: Ich gehe mal kurz an die frische Luft. Aber hier konnte man ja gar nicht rausgehen, zumindest noch nicht…Noch nicht? Wo blieb der Techniker?!?!?! Als rutsche ihm seine Hand aus, drückte er auf den Alarmknopf, dann auf die Taste, die für die Rezeption stand, dann auf Stock 1 und alle möglichen Stockwerke, bis er bemerkte, dass Mr. Lee ihn ansah. Nichts bewegte sich. Mr. Lee zeigte ein deutlich angespanntes Gesicht. Sicher, Mr. Lee war nicht mehr der Jüngste. Wie alt ist er eigentlich? So lange zu stehen, das ging schwer in die Beine. Wie lange saßen sie eigentlich schon fest, wie lange? Er lauschte nach draußen. Irgendwer musste ein Fenster aufgelassen haben, denn nun hörte er deutlich Blitze und Donner, Regen. Das Heulen des Sturms ließ nicht nach. Hyewon war in die Hocke gegangen:

„Ist da niemand?"

Ist da *niemand*…, ruft sie? Vorhin sagte sie noch: Ist da jemand? Warum ist Mr. Lee so still? Und Mr. Chong? Bildete er es sich ein oder bewegte der sich ständig ein wenig von links nach rechts? Als er in sein

Gesicht sah, erschrak er. Es war ganz bleich. Er sah, wie Mr. Chong sich auf die Lippen biss und den Mund offen hielt. Nun schien dies auch Mr. Lee zu bemerken. Hyewon war inzwischen fast verstummt, es hörte sich an, als singe sie leise. Ihr Lied wurde unterbrochen, denn ein gewaltiger Blitz musste in der Nähe eingeschlagen haben, ein ungeheurer Donner begleitete ihn.

Mr. Lee zuckte zusammen, Hyewon schrie auf und Mr. Chong begann, gegen die Tür zu trommeln. Mr. Lee schritt ein und redete lautstark auf ihn ein, während Hyewon sich die Ohren zuhielt. Nun entfuhr Mr. Lee, der sich näher an die Tür und damit Mr. Chong in die Ecke gedrängt hatte, ein lauter Ruf:

„Hallo, ist da jemand?! Holen Sie uns sofort hier raus oder es wird Konsequenzen haben!"

Merkwürdig war, dass er Englisch sprach. Vermutlich, so dachte der Deutsche, will er mir mitteilen, dass er die Sache jetzt in die Hand nimmt. Kein Echo antwortete ihm. Als Stunden später Hyewon zu stammeln und zu wimmern begannen, schnappte Mr. Chong längst nach Luft wie ein Fisch an Land. Nun begann er von heller Panik erfasst zu werden, die auch Mr. Lees strenge Worte und Ermahnungen nicht in den Griff bekam. Mr. Lee selbst schien unter Krämpfen in den Beinen zu leiden. Hyewon kauerte sich in der Ecke zusammen wie ein Kind, und Mr. Lees Gesicht begann zu erstarren. Mr. Chongs Augen bewegten sich hin und her wie ein Beutetier, das seinem Verfolger entkommen will.

Als er laut schrie, waren alle überrascht, so viel Kraft hätte ihm keiner mehr zugetraut. Später fasste er sich an den Hals und begann wie wild gegen die Wände zu drücken, so als glaubte er ernsthaft, er könne auf diese Art einen Weg in die Freiheit bahnen. Doch Tür und Wände gaben nicht nach. Was alle, die im Aufzug eingeschlossen waren, freilich nicht wissen konnten, war, dass im Hotel längst Feuer ausgebrochen waren. Während die Feuerwehr aus allen Kräften bemüht war, auf vielen Stockwerken Flammen einzudämmen, blickte zu gleicher Zeit die Dame von der Rezeption, die den deutschen Gast vor Tagen begrüßt hatte, aus dem Fenster ihrer Mietwohnung im Bezirk Yongsan-gu.

Hätten Mr. Lee, Mr. Chong und Hyewon ihren Ausruf gehört, wären sie zutiefst erschrocken: „yeogi-boseo! byul i bichul il-k isseoyo! neomu eduep-go chuweoyo! barami simhagye buleoyo! museoweo-yo. museun ttusil-kka yo? myseoyoseo jugul-ge katayo!"

("Oh, sieh, die Sterne scheinen ihr Licht zu verlieren. Wie dunkel es wird und wie kalt! Kannst du die Winde heulen hören? Es ist so beängstigend. Was bedeutet das alles? Ich fürchte mich zu Tode.")

Einer der Feuerwehrmänner, die im Hotel mit Wassermassen und Flammen bekämpften, schaute sicherheitshalber auch in den oberen Stockwerken nach, ob irgendwo Feuer züngelte. Dabei kam er auch in der Etage vorbei, in der, gar nicht so weit von ihm entfernt, vier Personen in einem Aufzug langsam der Verzweiflung anheimfielen.

Mr. Lee und Hyewon schrien zu gleicher Zeit: „Ist da jemand?!?!?! Hallo! Holen Sie uns hier raus!"

Für einen Moment dachte der Feuerwehrmann, es habe jemand gerufen. Dann sah er das offene Fenster und schüttelte über sich selbst den Kopf. Es musste draußen gewesen sein. Noch bevor aus dem Aufzug erneut Schreie zu hören waren, war er schon wieder nach den unteren Etagen unterwegs.

Der Prophet Sacharja spricht:

In dieser Nacht hatte ich eine Vision: Ich sah einen Mann auf einem rotbraunen Pferd.

Er stand zwischen den Myrtenbäumen in der Tiefe und hinter ihm waren rotbraune, blutrote und weiße Pferde.

Ich fragte: Herr, was bedeuten diese Pferde?

Und der Engel, der mit mir redete, sprach: Ich will dich sehen lassen, was sie bedeuten.

Da ergriff der Mann, der zwischen den Myrtenbäumen stand, das Wort und sagte:

Der Herr hat diese Pferde gesandt, damit sie die Erde durchziehen.

(Sacharja 1,8-10).

Kuba, Havanna

Als über Havanna die Nacht hereinbrach, Himmelslichter zu erlöschen begannen, waren die Mauern des *Malecón*, der Prachtstraße, die sich kilometerlang am Meeresufer hinschlängelt, vor kurzem noch von vielen Menschen besetzt. Doch sie waren nicht lange geblieben. Das Meer schäumte auf. Von starken Winden erfasst, brandete es gegen Felsen, schoss über Mauern. Seine salzigen Wasser drangen bis zu den Häusern vor, wie ungebetener Besuch.

Im Stadtteil *Vedado* blickten fassungslose Menschen zum Nachthimmel, an dem so große Veränderungen vor sich gingen. Am Malecón flohen die Menschen vor den immer wilder heranrollenden Meereswogen. Das Meer türmte sich innerhalb kurzer Zeit auf, als würden gigantische Wale von der Tiefe aus die Wogen nach oben stoßen. Stürme trieben es immer heftiger an. Wer den Wassermassen entkam, floh die Straßen hinauf und in die Häuser, in Keller oder auf größere Anhöhen.

Waren in der Nähe der Festung *El Morro*, in der Altstadt an der Rückseite des Hafens, noch vor einigen Stunden zur Freude der Touristen Kanonenschüsse abgegeben worden, hatten jene noch die Stärke der meterdicken Wände und die Höhe der Festung bestaunt und auf Fotos für Mit- und Nachwelt festgehalten, so bot sich nunmehr ein ganz anderes Bild:

Das Weltkulturerbe, von aufzuckenden Blitzen immer wieder erleuchtet, hielt dem unaufhörlichen Angriff von Meer und Stürmen kaum noch stand. Der hohe Leuchtturm, von Blitzen getroffen, wankte, als die Erde zu beben begann, und wurde eine Beute des Meeres. In Havannas grüner Lunge, dem *Lenin-Park*, wurde der niedergehende Feuerregen schnell bemerkt. Familien, die es sich zuvor noch beim Picknick gemütlich machten oder mit einem Boot über den See fuhren, Radfahrer oder Personen, die auf einem Pferd ritten, hatten die Flucht ergriffen. Nun wurde auch der Park, ein Inbegriff von Erholung und Entspannung, von Erdstößen heimgesucht. Feuriger Regen fiel auf die Bäume und in den See, ging wie Hagel auf dem Gelände nieder. Blitze zuckten auf, so als wollten sie dem Feuerregen den Weg weisen, damit er sein Ziel besser träfe. Mit gewaltigem Getöse bebte es auch in der Nähe des großen Lenin-Denkmals, das in seinen Grundfesten erschüttert zu werden begann. Der aus Stein aus der Mitte eines großen Felsblockes gehauene Kopf des Revolutionsführers, der so wild entschlossen, trotzig und stolz in die Ferne blickte, als gewahre er an fernen Horizonten ein gewaltsam herbeigeführtes menschliches Paradies, wurde von Blitzen getroffen, die Stein und Boden spalteten. Ein weiterer Erdstoß stürzte das gesamte Monument um, bis Feuer und weitere Stromschläge es in Schutt und Asche verwandelten.

Während der Kardinal von Havanna gerade aus seiner bescheidenen Residenz in der Altstadt, nur mit einem Regenschirm ausgerüstet, mit Ordensschwestern und Helfern aufbrach, um zu sehen, wem er vielleicht zu Hilfe kommen könne, war über Havanna starkes Tosen in den Lüften zu hören. So wie sich in einer zu warmen Sommernacht die lange angestaute Hitze und Schwüle gewaltig entladen kann, so erreichten das Unwetter und die Zerstörung einen neuen Höhepunkt. In der Altstadt und überall auf der Insel drängten sich Menschen zusammen, Eltern versuchten verzweifelt schreiende Kinder zu beruhigen, Menschen schlossen sich ein oder suchten in Hinterhöfen und unter Balkonen Zuflucht, um der großen Heimsuchung, der *lluvia de fuego (dem Feuerregen)* zu entkommen.

Der Kardinal, dem sich bald auch andere Priester und Ordensleute anschlossen, ging in die Häuser, sprach hier Mut zu, umarmte da, segnete und betete, empfahl das kubanische Volk seiner Patronin, der *Virgen de la Caridad del Cobre (Die Barmherzige Jungfrau von Cobre*, Schutzpatronin Kubas) und ließ selbst dann nicht nach, als er erstmals den Geruch von Gasen wahrnahm, die sich langsam auch über Kuba ausbreiteten.

Im Stadtteil Casablanca ragte die Statue des *Cristo de la Habana* (Christus von Havanna) majestätisch hoch auf und wachte über der Stadt mit ihrer Bucht und dem Hafen. Die Patronin Kubas überbrachte bereits die Gebete des Kardinals ihrem Sohn und Er, der Christus auch von Havanna, erhörte sie und rettete viele.

Der Prophet Nahum spricht:
Der Herr übt Rache an seinen Gegnern und hält fest am Zorn gegen seine Feinde.

In Wirbel und Sturm nimmt er seinen Weg, die Wolken sind der Staub seiner Füße.

Er droht dem Meer und macht es trocken, alle Flüsse lässt er versiegen.

Berge beben vor ihm und Hügel geraten ins Wanken.

Die Welt schreit vor ihm auf, die Erde und all ihre Bewohner.

Vor seinem Groll - wer kann da bestehen? Wer hält stand in der Glut seines Zorns?

Sein Grimm greift um sich wie Feuer, und die Felsen bersten vor ihn.

(Nahum 1, 2-6).

Mexico City

Wie an jedem Tag umspannte das Metronetz von Mexico City mit seiner Länge von 200 Kilometern die Stadt wie eine riesige Spinne. Mit seinen über 100 unterirdischen und zahlreichen oberirdischen Stationen wartete es auf die Millionen von Menschen, die das *Sistema de Transporte Colectivo Metro* vom frühen Morgen bis Mitternacht beförderte. Wagen, die in der Stoßzeit im 2-3-Minuten-Takt fahren, schluckten die Passagiere:

Observatorio > Pantitalán, Cuatro Caminos > Tasqueña, Indios Verdes > Universidad, Santa Anita > Martín Carrera…, und spuckten sie wieder aus, so als sei im Metronetz der Megametropole ein gigantischer Stoffwechsel im Gange: Politécnico > Pantitlán, El Rosario > Barranca del Muerto…, Buena Vista > Ciudad Azteca…

U-Bahn-Wagen rauschten ein und aus, Menschenmassen drängten sich hinein, Türen schlossen und öffneten sich, Ansagen schallten, Tunnels tauchten auf, Wagen verschwanden in der Dunkelheit und näherten sich dem Licht, Menschen hielten sich fest.

Als das erste große Beben unvermittelt über der Stadt hereinbrach, fuhren die U-Bahnen kurz zuvor noch ganz nach Plan. Die Detonationen waren so laut, dass sich die Schreie der Passagiere unter Tage dagegen ganz schwach ausnahmen und nicht bis nach oben drangen. Die Erde unter ganz Mexico City wurde erschüttert. Am Zoccalo, an dem eben noch Indios geflochtene Armbänder feilboten, fielen die ersten Gebäude in sich zusammen. U-Bahn-Wagen der einzelnen Metrolinien wurden von der Bewegung erfasst, zusammengedrückt und geschleudert, so als ergriffe jemand die Beine einer Spinne und wirbelte sie durcheinander. Stromnetze fielen aus und Türen ließen sich nicht mehr öffnen, Fenster erlagen den Schlägen von Männern in Panik, die Glas mit Gewalt zum Bersten brachten. Wer es schaffte und noch am Leben war, drängte aus den unterirdischen Stationen nach oben, wo ihn zu seiner großen Bestürzung Dunkelheit empfing.

Basilica de Guadalupe,
La Villa de Guadalupe, Plaza de las Américas número 1, Mexico City

Auf dem Vorplatz der riesigen Basilika sang eine alte Frau ein Lied:

"Desde el cielo una hermosa mañana…, la Guadalupana, la Guadalupana, la Guadalupana bajó al Tepeyac…"

("Eines Tages, an einem schönen Morgen…, stieg die Jungfrau von Guadalupe, die Guadalupana, die Guadalupana zum Tepeyac (Vorort von Mexico-Stadt) hinab…")

Menschen strömten in die Basilika, wurden per Förderband weitergeleitet. Sie schauten gebannt zur Seite und nach oben, zum Gnadenbild, deuteten mit Fingern, flüsterten, beteten, tuschelten sich zu: „La Virgencita, mira, la morena, que hermosa…Madre mia…"

(„Die liebe Jungfrau von Guadalupe, ach, sieh nur, wie dunkelhäutig und schön sie ist…"

Als die Erde bebte, teilten sich die Ausläufer der Erdstöße bis zum *Sanctuario* (Heiligtum) mit, in dem nunmehr neben Gebeten auch Schreie zu hören waren.

Doch die Patronin Mexikos hatte dafür gesorgt, dass die Kathedrale und ihr Umkreis von Zerstörung verschont blieben. Mit dem schützenden Mantel ihrer Fürsprache bedeckte sie zu gleicher Zeit auch all diejenigen, die in ihren Häusern zu ihrem Bild aufblickten, die ihren Namen und den ihres Sohnes anriefen.

Jerusalem

(‫לתוכה‬ ‫יברעמה‬ - ha'kotel ha'ma'arawi - Die Klagemauer)

Eine Gruppe orthodoxer Juden schritt durch verwinkelte Gassen der Altstadt zur Klagemauer. Der Anblick der 48 Meter langen und 18 Meter hohen Westmauer aus Meleke-Kalkstein war für sie immer wieder erhebend und bewegend, so, als sehe man sie zum ersten Mal. Das Stein und damit greifbar gewordene Symbol für den ewigen Bund des Allerhöchsten mit seinem auserwählten Volk glänzte noch im Licht der Sonne. Die Luft war angenehm mild. Nur ein leichter Windhauch wehte. Die Männer hielten ihr Gebetbuch, den *Siddur*, in der Hand. Ihr Kopf war von der *Kippa* bedeckt (Kopfbedeckung männlicher Juden, besonders in Ausübung der Religion gebräuchlich), ihre Schultern vom *Tallit*, dem Gebetsmantel. An jeder der vier Ecken ihres Gebetstuches sah man eine Quaste mit fünf Knoten, die an die fünf Bücher von Moses erinnern.

Um ihren Kopf und die Schreibhand trugen die Männer *Tefillin*, Gebetsriemen mit kleinen Kapseln, in denen Texte aus der *Thora* und das jüdische Glaubensbekenntnis aufbewahrt waren. An der Mauer sah man schon aus einiger Entfernung betende Juden, die mit dem Oberkörper wippten, und andere, die Gebetszettel in Mauerritzen steckten.

Menschen kamen und gingen, Gemurmel war zu hören. Manche beteten leise, andere mit kräftiger Stimme. Wie klein erschienen die Menschen, die ganz dicht bei der Mauer standen, bald freie Mauerritzen suchten, bald lesend und betend hin- und her wippten. Andere wiederum saßen in einiger Entfernung auf Stühlen und blickten, in Gedanken verloren, stumm zur Mauer hin. Juden standen vor Stühlen und hielten ihr Gebetbuch dicht vor die Augen. In Gebete versunken, schienen sie um sich herum nichts mehr wahrzunehmen. Einige ultraorthodoxe Juden trugen große schwarze Hüte, unter denen lange Schläfenlocken hervorschauten.

Sie fuhren sich mit den Fingern durch ihre Bärte und sprachen angeregt miteinander, als sie sich dem großen Platz vor der Mauer näherten. Ordnungskräfte sahen sich nach allen Seiten um und hielten wachsam Ausschau. Touristen bahnten sich, etwas orientierungslos, ihren Weg. Die goldene Kuppel des Felsendoms glänzte.

JERUSCHALAYIM: Stadt wie keine andere auf der weiten Erde. Yerushalayim Shel Zahav. Ve-shel nehoshet ve-shel or. Ha-lo le-khol shirayikh Ani kinnor.

(Jerusalem, aus Gold, aus Kupfer und Licht. In meinem Herzen werde ich bewahren dein Lied und deinen Anblick.)

Während eben noch zahlreiche Gebete zu hören waren und in den Himmel aufstiegen, begann sich auf einmal, ohne Vorankündigung, die Sonne zu verfinstern. Schlagartig wurde es dunkler. So wie eine Aufnahme in Zeitlupe im Fernsehen eine ganz andere Sicht ermöglicht und den Lauf der Dinge zu verändern scheint, so drehten sich nun erstaunte Menschenmengen plötzlich um, bis ein Stimmengewirr entstand und alle gebannt zum Himmel schauten. Ausrufe des Staunens und des Schreckens formierten sich in vielen Sprachen der Welt. Eine Sonnenfinsternis? Heute? *Kein* Mensch hatte etwas davon gesagt! Sollte sich der Mond vor die Sonne schieben? Ungläubige Blicke, Ausrufe des Erstaunens, Menschen drehten sich um, tuschelten miteinander, hielten sich Hände vor die Augen, sahen sich an, dann wieder zur Sonne. OH, NEIN…!!!

Dies war kein Mond, der sich vor die Sonne schob. Es ging viel schneller. Dies war auch kein Sonnenuntergang, der eine merkwürdige Färbung angenommen hätte, so als habe sich vielleicht eine Ansammlung von Gewitterwolken vor das Licht der Sonne geschoben.

Nein: Wohin man aber auch sah, ein Unwetter war nicht zu sehen. Die Sonne verfinsterte sich. Es sah aus wie bei Aufnahmen einer Sonnenfinsternis im Fernsehen, nur zeitlich stark beschleunigt.

Wie auf einen Schlag brach nun Nacht über Jerusalem und Israel herein, Nacht über allen Ländern des Nahen Ostens, Nacht über allen Ländern der Erde. Die Menschen vor der Klagemauer hatten sich von ihrem Schreck über das Verschwinden des Sonnenlichtes noch nicht erholt, als nach und nach auch alle anderen Lichter des Himmels verloschen. Ein großes Grabtuch schwarzer Farbe schien über Himmel und Erde gespannt.

Nur die Lichter von Lampen um den Vorplatz der Mauer durchbrachen noch das Dunkel, bis auch sie erloschen.

Slach lanu Awinu ki chatanu, mechal lanu malkhenu ki paschanu, ki mochel wesoleach atah.

Baruch atah Adonaj, Chanun hamarbej lisloach.

(Verzeihe uns, unser Vater, denn wir haben gesündigt; vergib uns, unser König, denn wir haben gefrevelt; denn Du bist vergebend und verzeihend. Gelobt seist Du, Ewig Versöhnlicher, der so vieles und so oft uns verzeiht.)

Menschen schrieen durcheinander, gestikulierten aufgeregt, während über der Altstadt von Jerusalem und im ganzen Land heftige Unwetter niedergingen. In Mea Shearim *(einem der ältesten Stadtviertel, außerhalb der Altstadt gelegen, überwiegend von ultraorthodoxen Juden bewohnt)* in vielen Häusern des Landes sammelten sich alle, die die Sonnenfinsternis nicht im Freien überrascht hatte, vor entzündeten Kerzen. Gebetbücher wurden hervorgeholt und im Schein von Kerzen gelesen, Stimmen flüsterten und erhoben sich. Rabbiner in Synagogen deuteten mit silbernen Zeigestäben auf Schriftrollen und flehten in althebräischer Sprache um Erbarmen und Gnade.

Der Prophet Micha spricht:
Die Bewohner des Erdkreises bangen um ihr Wohl; denn vom Herrn kam Unheil herab auf Städte und Tore. (Micha 1, 12).

So wie ein Besuch, der sich nicht angekündigt hat, plötzlich und ohne Vorwarnung gegen die Tür des Hauses pocht und ungestüm Einlass fordert, so erschütterte nun ein mächtiger Erdstoß die Stadt. Die starke Mauer, die Israelis von Palästinensern trennen sollte, fiel mit jedem Nachbeben ein weiteres Stück, so als seien die Trompeten von Jericho wieder erklungen und hätten den Auftakt zu Tod und Zerstörung gegeben.

Als sie ganz in Schutt und Asche lag, stieg Rauch auf. Nun sahen sich beide Völker vereint einem ungeheuren Geschehen ausgesetzt, dessen Tragweite erst nach und nach in schwachen Umrissen abzusehen war.

Der Prophet Obadja spricht:
Dein vermessener Sinn hat dich betört; du wohnst in Felsenklüften, du sitzt auf dem hohen Berg und denkst: Wer stürzt mich hinab?
Erhebst du dich auch wie der Adler und baust dein Nest zwischen den Sternen, ich stürze dich von dort hinab - Spruch des Herrn.

Denn er ist nahe, der Tag des Herrn, für alle Völker. Was du getan hast, das tut man dir an; dein Tun fällt zurück auf dich selbst.
(Obadja, 1,3-4, 15).

Zeitgleich wurden auch Amman, die Hauptstadt des Königreiches Jordanien und Damaskus in Syrien schwer erschüttert. In Dubai stürzte der über 800 Meter hohe *Chalifa Turm* (arabisch: برج خليفة), das höchste Gebäude der Welt, in sich zusammen und in die Tiefe, wodurch sich die Skyline eindrucksvoll veränderte. So wie der Fall eines Dominosteines den Fall weiterer Steine nach sich zieht, so fielen innerhalb von Stunden auch das *World Financial Center von Shanghai, die Petrona Towers* in Kuala Lumpur, Malaysia und der *Queensland Number One Tower* in Australien, obgleich hier gar keine räumliche Nähe gegeben war. Es war, als seien die üblichen Gesetze von Raum und Zeit von einem höheren Gesetz außer Kraft gesetzt.

Das ohrenbetäubende Getöse, das der Fall und Aufschlag der Wolkenkratzer am Boden auslöste, steigerte schlagartig die Panik, die sich der Menschen bemächtigt hatte und sich zusehends über den Erdball ausbreitete. Das Licht der Sonne war erloschen. Zum jetzigen Zeitpunkt sah es auch nicht danach aus, dass es wieder scheinen würde. Das Raumschiff Erde, das eine unsichtbare mächtige Hand um die eigene Achse zu drehen schien, zog seine Bahnen durch ein kaltes All. Wie lange würde es – nun, da die scheinbar selbstverständliche Sonne nicht mehr beruhigend auf- und niederging – noch Kurs halten können?

Einige Stunden später ging Feuerregen über der ganzen Erde nieder, deren Bewohner schon durch die ständig ansteigenden Meereswogen in Angst und Schrecken versetzt waren. Engel der höchsten Hierarchien, die Ländern zugeordnet waren, gossen Schalen des Zorns aus.

Die Erde, die Natur und ihre Kräfte waren den Menschen nicht länger untertan. Elemente und Kräfte, die der Mensch in maßloser Gier an sich gerissen und nicht verteilt, geschunden, zu eigenen Zwecken missbraucht und mit Füßen getreten hatte, schlugen zurück.

Sich wild aufbäumende Meereswogen duldeten längst keine Schiffe mehr. Sie überfluteten und verschlangen ganze Länder und veränderten die Geografie. Nirgendwo, in keinem Land der Erde, ließ sich noch elektrisches Licht entzünden. Flugzeuge, die vor Ausbruch der unfassbaren Ereignisse abgehoben hatten und später zur Landung ansetzen wollten, gerieten in schreckliche Unwetter. Wenn sie diese überstanden, so wurden ihre Piloten bald gewahr, dass keine Funkverbindung mehr zustande kam, kein Fluglotse mehr helfen konnte, keine Landebahn mehr erleuchtet war. Einige Flugzeuge, die zu spät abgehoben hatten, waren wie tote Vögel vom Himmel gefallen. Überall waren die Stromnetze infolge von Beben und Blitzeinschlägen, von Feuer und Wasserfluten zusammengebrochen.

Wie ganz anders nun auf einmal sahen die Megacities der Welt aus: Wo waren die Leuchtreklamen, die Hinweise auf Aktienkurse und Konsumprodukte, wo all das unruhige Geflacker, die Shows, Events und Programme, mit denen sich modern wähnende Gesellschaften pausenlos betäubten? Die großen Börsen der Welt – von *London bis Tokyo*, von *Shanghai bis New York* – standen verwaist. Wo sonst völlig überdrehte Börsenmakler mit unruhig-gehetzten Blicken die Fieberkurven von Kursen und Währungen verfolgten, gleichzeitig telefonierten, Diagramme überwachten, kalkulierten, durcheinander riefen und eine hektische Aktivität an den Tag legten, als ginge es um die letzten Dinge, als gelte es, sich mit richtigen Entscheidungen das ewige Seelenheil zu sichern, herrschte nun gähnende Leere. Die Dämonen des Geldes streiften umher, doch der Lockruf des Geldes wurde nicht mehr gehört. Andere Dämonen, die der Verzweiflung, vertrieben sie mit entsetzlichem Geschrei und nahmen ihre Stelle ein. Sie suchten überall nach wehrlosen Opfern, um sie zur Verzweiflung zu reizen und mit sich in den Abgrund zu ziehen.

Der Prophet Joël spricht:

Weh, was für ein Tag! Denn der Tag des Herrn ist nahe; er kommt mit der Allgewalt des Allmächtigen.

Zu dir rufe ich, Herr; denn Feuer hat das Gras der Steppe gefressen, die Flammen haben alle Bäume der Felder verbrannt.

Auch die wilden Tiere schreien lechzend zu dir; denn die Bäche sind vertrocknet und Feuer hat das Gras der Steppe gefressen.

(Joel 1, 15, 19-20).

San Francisco

Seit wie vielen Stunden kauern wir nun schon in diesem Haus? dachte Grace.

„Und was, wenn die Besitzer dieser Wohnung plötzlich zurückkommen? Wieso stand die Tür offen? Wer wohnte oder wohnt hier? Und meine Eltern, die Verwandten, bei denen ich wohne: Sie haben bestimmt versucht mich zu erreichen, oder…? Oh, mein Gott! Wie wird es ihnen gehen??? Vielleicht warten sie darauf, dass ich sie anrufe, aber wie soll ich sie anrufen, wenn…John, sag etwas!"

Er ergriff ihre Hand und versuchte sie zu beruhigen.

„Ich glaube nicht, dass die Eigentümer hier zurückkommen."

„Warum nicht?"

„Weil…Sie hätten längst zurückkommen müssen, Grace. Sie müssen die Wohnung fluchtartig verlassen haben. Am besten, wir denken nicht darüber nach. Wenn ich nur ein paar Kerzen finden würde…"

„Zum Glück war der Kühlschrank voll. Aber es gibt keinen Strom mehr. Wie lange wird das Essen noch reichen? Wie lange wird es noch finster sein, wie lange noch???"

Ein Blitz zuckte auf und erhellte das Zimmer. John konnte für einen Augenblick Graces Gesicht gut erkennen. Er sah ihre weit geöffneten Augen, ihr zerzaustes Haar. Sie wirkte völlig verstört.

Was soll ich darauf sagen, dachte er. Wie lange noch? Wenn ich das wüsste…Wie lange ist es schon finster? Die Sonne hätte längst aufgehen müssen…Wie lange sind wir schon hier? Warum steht die Uhr? Wie spät ist es überhaupt? Oder ist die Zeit stehengeblieben?

Was soll ich Grace sagen: Es wird alles wieder gut? Du weißt, dass das nicht stimmt.

Auf einmal presste sie seine Hand.

„John, hörst du das auch?"

„Was denn?"

Er hatte es längst gehört, doch ein Teil von ihm wollte sich weigern, dies anzuerkennen. Grace zitterte.

„Die Stimmen, John, diese schrecklichen Stimmen!"

Es war nicht möglich, sich darüber hinwegzutäuschen. Nun, da Grace still war, hörte man sie ganz deutlich. Dabei war keines der Fenster auf, vielmehr waren einige der Läden verrammelt. Warum nur sah man dann die Blitze so hell? Der Versuch, die Stimmen nicht zu hören, war vergeblich. John wusste instinktiv, dass dies keine Stimmen von Nachbarn waren. Die Laute kamen nicht aus dem Haus, auch nicht von Leuten auf der Straße.

Sie klangen noch unheimlicher als das Heulen des Sturms. *Woher* kamen sie dann und *wer* stieß sie aus? Wenn sie nur aufhören würden…! Diese furchtbaren Stimmen…Bald klang es, als wären sie weiter weg, bald schienen sie aus der Nähe zu kommen. Bald hörte es sich an wie Weinen, dann klang es nach höhnischem Lachen, dann ging alles durcheinander.

„John, die Stimmen sind furchtbar."

Grace hielt sich die Ohren zu und hörte sie dennoch. Nun kam es ihr vor, als würden sie wie durch ein Echo verstärkt.

Stimmen in der Nacht

„Die Stimmen sagen etwas, John, aber ich kann es nicht verstehen. Es klingt wie eine Sprache, die ich *noch nie* gehört habe…Ich will es auch nicht verstehen…! Wer ist das? *Wer* sind sie? Habe ich *sie* gesagt? Es müssen viele sein, John…Wenn es keine Leute von draußen sind, *wer* oder *was* dann? Ich habe Angst, ich habe s o l c h e   A N G S T!"

John überlegte vergeblich, ob ihm etwas einfiele, womit er sie beruhigen könnte. Aber wie sollte er? Er hatte selbst Angst, Angst, dass die Stimmen in die Wohnung eindringen könnten, oder vielmehr die Wesen, die sie von sich gaben… *Wer* konnte das sein? Am Anfang dachte er noch, die Stimmen wären vielleicht eine Täuschung oder würden wieder aufhören.

„Am besten, wir versuchen, nicht hinzuhören.", sagte er hilflos.

In der Nähe musste ein Blitz eingeschlagen haben. Das Geräusch der gewaltigen Entladung übertönte die Stimmen für kurze Zeit.

„Wo sind die anderen, John? Meine Familie und deine? Ob sie uns suchen...? Bestimmt suchen sie uns…Sie werden uns finden, ja, ganz bestimmt. Sollen wir rausgehen, John? Komm, lass uns rausgehen, wir müssen sie suchen!"

Er merkte, dass sie wie von Sinnen war. Ihre Hand zitterte. Rausgehen? NIEMALS! Vermutlich gehörten zu den Stimmen auch Gesichter…

„Wir werden Sie suchen, wenn es wieder hell wird, versprich es mir, John!"

Wenn es wieder hell wird..? Was sollen wir tun, wenn es *nicht mehr hell wird*? Panik stieg in ihm auf und bekam ihn, wie mit kalter Hand, in den Griff. Vielleicht wird es nie mehr hell, nie mehr…Es war Nacht, finstere Nacht. Nacht, war das im Grunde nicht, was die Menschheit verdiente? Hatten sie nicht selbst das Licht ausgelöscht?

„Ja, bestimmt, Grace, wir werden sie suchen. Wenn es wieder hell wird…"

Der Prophet Zephanja spricht:

Gekommen ist der große Tag; er ist nahe und eilt sehr. Ein Tag des Grimms ist dieser Tag, ein Tag der Drangsal und der Bedrängnis, ein Tag des Verwüstens und der Verwüstung, ein Tag der Finsternis und der Dunkelheit, ein Tag des Gewölks und des Wolkendunkels, ein Tag der Posaune und des Kriegsgeschreis wider die festen Städte und hohen Zinnen. Und ich werde die Menschen ängstigen, und sie werden einhergehen wie die Blinden, weil sie gegen Gott gesündigt haben; und ihr Blut wird verschüttet werden wie Staub, auch ihr Gold wird sie nicht erretten können am Tage des Zornes des Allerhöchsten; und durch das Feuer seines Eifers wird Land um Land verzehrt werden. Denn ein Ende, ja, ein plötzliches Ende wird er machen mit den meisten Bewohnern des Landes. (Zefanja 1,14-18).

Aus Stürmen, die Feuer regneten, waren in einigen Regionen der Erde Hurrikane geworden. Die Gase, die mächtige Winde vor sich hertrieben, rochen nach Schwefel. Erstickender Rauch kam auf. In den großen Städten der Erde sah man Menschen durch die Straßen irren, die wie wild und wirr durcheinander riefen. Während einige sich in Häuser flüchten konnten, erstickten andere und vermehrten die Anzahl der Toten, mit denen die Straßen gesäumt waren. Wasser stiegen an und schoben die schaurige Fracht vor sich her.

Vatikan

Der Leiter von Radio Vatikan blickte dem Pressesprecher des Papstes ins Gesicht. Eine Reihe von Kerzen, in einer Ecke des Studios aufgestellt, erhellten den Raum notdürftig. In einer Hand hielt er das Manuskript einer Botschaft des Papstes. Er schüttelte den Kopf:

„Wir können nicht mehr auf Sendung gehen. Wir haben alles versucht."

„Auch über Internet?"

„Viele der Knotenpunkte weltweit sind zerstört. Zahlreiche Verbindungsleitungen sind zusammengebrochen, die Stromnetze funktionieren nicht mehr. So, als wäre das globale Nervensystem der Informationsströme auf einmal ausgefallen."

„Wie lange die Finsternis noch anhält, weiß kein Mensch, nicht einmal der Papst."

„Haben Sie mit dem Heiligen Vater gesprochen? Was wird er tun?"

„Er betet zurzeit am Grab des Apostels Petrus. Ich glaube, dass er danach eine Entscheidung treffen wird."

„Ich habe die Mitarbeiter von Radio Vatikan angewiesen, dass sie sich in ihren Wohnungen aufhalten sollen. Ich gehe nachher zu ihnen. Jetzt hilft wohl nur noch beten."

Der Pressesprecher seufzte auf:

„Der Heilige Vater ist nicht allein. Der Kardinalstaatssekretär ist bei ihm. Einige Männer der Schweizer Garde halten in seiner Nähe Wache."

Der Pater, der die Redaktion von Radio Vatikan leitete, wurde hellhörig:

„Sie meinen, wegen…?"

„Ja, sie sind ja vor Tagen wieder bei Dunkelheit vor dem Petersdom aufmarschiert. Wir haben alles versucht, damit der Vorfall nicht publik wird. Es würde nur unnötig Staub aufwirbeln."

„Es ist ungeheuerlich: Wenn man sich das überlegt, das haben sie 1917 schon einmal gemacht. Als der heilige Maximilian Kolbe in Rom war und Zeuge ihres Auftrittes wurde…"

„Sie kennen also die Geschichte?"

„Ja, ein Verwandter von mir war Mitglied in der von Kolbe gegründeten Miliz. Er hat es mir erzählt. Kaum zu glauben, aber der heilige Maximilian Kolbe bürgt dafür, dass die Geschichte wahr ist. Er war ja damals ein junger Theologiestudent, als er sah, wie Freimaurer unter den Fenstern des Vatikans die Satanshymne von *Carducci* sangen und ein Banner entrollten. Wenn ich mich recht erinnere, war darauf der Erzengel Michael dargestellt, zu Boden geworfen und in den Klauen des Teufels. Darunter standen die Worte:

Satan muss herrschen im Vatikan und der Papst sein Sklave sein!

„Genauso war es. Maximilian Kolbe gründete daraufhin die 'Militia Immaculatae'."

„Und dieser Carducci war Träger des Literatur-Nobelpreises. Unfassbar!"

Der Papst, der unter der Last seines Amtes und der aktuellen, weltweiten Bedrohung schwer zu tragen hatte, näherte sich dem Grab des Apostels Petrus. Der Kardinalstaatssekretär, der ihn begleitete, folgte ihm einige Schritte von ihm entfernt.

SEPULCRUM SANCTI PETRI APOSTOLI (GRABMAL DES HEILIGEN APOSTELS PETRUS) stand über dem Eingang, den beide nun langsam durchschritten. Figuren von Engeln an der Wand und von Löwen am Boden schienen Wache zu halten. Der Begleiter des Papstes senkte seinen Kopf, verhielt seinen Schritt und ließ den Papst alleine vorausgehen. Als der Papst vor dem Grab des Apostels stand und betend in die Knie ging, folgte er ihm nur einige Schritte.

Zwei Gardisten der Schweizer Wache hatten sich am Eingang, zwei weitere an den Seiten postiert, kursierte doch das Gerücht, Feinde der Kirche wollten sich die Finsternis zu Nutze machen, um das Grabmal des Apostels zu schänden. Zwei große Altarkerzen waren vorsorglich angebracht und von einer Ordensschwester kurz vor dem Eintreffen des Papstes entzündet worden.

Nun kniete das Oberhaupt der katholischen Kirche. Er barg sein Gesicht kurz in den Händen. Dann ließ er die Gestalt des Apostels und Märtyrers vor seinem geistigen Auge erstehen. Eine tiefe Stille lag um die Grabstätte, als der Papst die Apostel Petrus und Paulus inständig um ihre Fürbitte für die Stadt Rom und die Bewohner des ganzen Erdkreises bat.

Dann drehte er sich langsam um. Er winkte den Kardinalstaatssekretär mit einer dezenten Bewegung seiner Hand herbei. Dieser trat näher und beugte sich, in Erwartung einer Weisung des Papstes.

„Nachdem ich inständig gebetet, den Heiligen Geist, Maria, alle Engel und Heiligen angerufen habe, ist mir klar geworden, was nun als Erstes zu tun ist: Ich werde dem Beispiel Pius XII. folgen."

„Dem Beispiel Pius XII? Wie meinen Sie…?"

„Mir stand plötzlich während des Gebetes seine hohe Gestalt vor Augen: Wie er sich aufmachte zu den Römern, wie er sie aufsuchte, um ihnen beizustehen: 1943, als Bomben auf Rom fielen. Als Detonationen niederfallender Bomben zu hören waren, ließ sich Pius XII. sofort zur Unglücksstätte fahren, während Flugzeuge über Rom kreisten. Er suchte sofort die Betroffenen auf, kniete nieder und betete zusammen mit dem Volk für die Opfer. Er wendete sich Verwundeten zu, tröstete hier, half da, ließ eine große Summe Geld an Notleidende verteilen. Bei einem späteren Angriff war er wieder gleich zur Stelle, beugte sich über Verletzte, die sein weißes Gewand mit ihrem Blut färbten…Und er ließ den Militärs, die für die Angriffe verantwortlich waren, mitteilen, jeder weitere Luftangriff werde ihn persönlich wehrlos in den Straßen Roms finden."

„Ja, ich kenne diese Geschichte. Eine große Geste. Aber…, Heiliger Vater, Sie wollen doch nicht *jetzt*, wo es Feuer regnen soll und wo man sagt, dass die Luft…"

Der Papst war aufgestanden und legte seinem Gesprächspartner eine Hand auf die Schulter. Er schüttelte leicht den Kopf und fuhr sich mit einer Hand durch sein schlohweißes Haar.

Warten Sie…

„Nein, das nicht. Erst dachte ich, ich lade Sie ein, mich persönlich zu begleiten! Aber wir würden beide umkommen, womit niemand geholfen wäre. Warten Sie…"

Der Papst dachte kurz nach, schickte ein Stoßgebet zum Himmel und atmete einmal tief durch.

„Sorgen Sie dafür, dass alle Tore des Petersdoms weit geöffnet werden. Suchen Sie den Kommandanten der Schweizer Garde: Alle, die sich unweit aufhalten, soll man herbeirufen, damit sie sich in Sicherheit bringen. Auch um die Apostelgräber und die Scavi, in dem Teil der antiken Gräberstadt unter St. Peter, *überall* ist genug Platz. Wir können hier, Gott sei Dank, viele unterbringen. Gehen Sie, eilen Sie, schnell!"

Der Kardinalstaatssekretär, der ihn an Körpergröße überragte, hatte sich etwas zu ihm gebeugt. Nun richtete er sich wieder voll auf, nickte und machte sich unverzüglich auf den Weg. Der Papst sah ihm kurz nach. Dann rief er ihn, einer plötzlichen Eingebung folgend, nochmals zurück.

„Alle Glocken von St. Peter sollen läuten! Sorgen Sie dafür. Und nun eilen Sie mit meinem Segen!"

Der Papst zog sich nochmals zum Grab des Apostels zurück. „Veni Sancte Spiritus!" („Komm, Heiliger Geist!") betete er unterwegs, erst leise und dann mit lauter Stimme.

Einige Zeit später fand sich eine Schar von Menschen in der Kathedrale, vor den Grabmalen des Apostels Petrus, von Päpsten und um Ausgrabungsstätten. Der Papst, dem wieder das Bild von Pius XII. vor Augen stand, ging mit raschem Schritt zu den Menschen, ermunterte, drückte Hände, segnete und suchte zu beruhigen, wo er nur konnte. Als er sich einen Überblick über die Anzahl der Menschen verschafft hatte, beschied er einige Mitglieder der Schweizer Garde, alle in den Umkreis des geistigen Zentrums von St. Peter, dem Hauptaltar, zu dirigieren. Er ließ Kerzen anzünden und hielt eine kleine Ansprache, in der er die ihm wohlbekannte Prophezeiung über die dreitägige Finsternis ansprach. Er sorgte dafür, dass sprachkundige Männer seine Worte in mehrere Sprachen übersetzten, war ihm doch wohl bewusst, dass Menschen aus vielen Nationen im Petersdom Zuflucht gesucht hatten. Nach einer Zeit der Stille und Vorbereitung schritt er im Messgewand zum Altar und begann mit der Feier der Heiligen Messe, in die er alle Anwesenden und Bewohner Roms einschloss, so auch am Ende in seinen Segen den ganzen Erdkreis, über dem Ereignisse hereinbrachen, die alle Vorstellung und Fassungskraft überstiegen.

Der Prophet Jonas spricht:

Und sie sagten zu ihm: Was sollen wir mit dir machen, damit das Meer sich beruhigt und uns verschont? Denn das Meer wurde immer stürmischer.

Nehmt mich und werft mich ins Meer, damit das Meer sich beruhigt und euch verschont.

Die Männer aber ruderten mit aller Kraft, um wieder an Land zu kommen; doch sie richteten nichts aus, denn das Meer stürmte immer heftiger gegen sie an. (Jona 1,11-13).

Holland

Im ganzen Land waren die Dämme gebrochen. Die turmhoch ansteigenden Fluten der Nordsee, von Ijsselmeer und Markermeer rissen sie so leicht hinweg, als würde Kinderspielzeug von Tritten von Riesensauriern zerstört.

Die Hafenstadt Amsterdam mit ihren Grachten, ihren historischen Gebäuden und Museen, versank in den Fluten. Wassermassen brachen zeitgleich mit Feuerregen über die Stadt, ihre Bewohner und Scharen von Touristen herein. Die Gleise der Zentralstation lagen tief unter Wasser. Wer zuvor auf Ausflugsbooten unterwegs war, war verloren. Ganze Häuserzeilen versanken in den Fluten, während das ganze Land, Schlag um Schlag, von Beben erschüttert wurde. Wer vor Einbruch der großen Finsternis in den malerischen Straßen des Zentrums, auf Brücken und Grachten unterwegs war, fand keinen Ausweg. Welle um Welle rollten die Wassermassen heran, als wollten sie Land gewinnen, die Erde erbebte, als bereite sie ihnen den Weg. Langsam, von unsichtbaren Kräften empor gestoßen, erhob sich eine kleine Insel, die die *Kirche der Frau aller Völker* vor den Fluten bewahrte. Wellen rollten an, schäumten auf und leckten doch nur gleichsam den Saum der Kirche. Das Wasser mit all seiner Kraft vermochte nichts gegen sie. Einen Tag später hatte sich die Geographie der Erde verändert: Das übrige Land war untergegangen wie ein gekentertes Schiff.

Der Prophet Nahum spricht:

Der Herr übt Rache an seinen Gegnern und hält fest am Zorn gegen seine Feinde.

Der Herr ist langmütig und von großer Macht; doch lässt der Herr gewiss keinen ungestraft. In Wirbel und Sturm nimmt er seinen Weg, die Wolken sind der Staub seiner Füße.

Er droht dem Meer und macht es trocken, alle Flüsse lässt er versiegen. Welk sind Baschan und Karmel, auch die Blüten des Libanon sind verwelkt.

Berge beben vor ihm und Hügel geraten ins Wanken. Die Welt schreit vor ihm auf, die Erde und all ihre Bewohner.

Vor seinem Groll - wer kann da bestehen? Wer hält stand in der Glut seines Zorns? Sein Grimm greift um sich wie Feuer und die Felsen bersten vor ihm. (Nahum 1, 2-6).

So viele Stunden waren schon vergangen. Die ganze Erde blieb in tiefe Finsternis gehüllt. Während sich in der *Al-Haram-Moschee* in Mekka, der *Istiqlal-Moschee* von Jakarta, der *Scheich-Zayed-Moschee* in Abu Dhabi und anderen großen Moscheen von Istanbul bis Damaskus und Teheran, Scharen von Gläubigen zusammendrängten, die Zuflucht suchten und beim Schein riesiger Kerzen Predigern lauschten, versanken zeitgleich in Tibet Mönche, von Gongschlägen zusammengerufen, vor goldenen Bildnissen Buddhas in tiefer Meditation. Erhob sich in zahlreichen Ländern der Ruf 'Allahu Akbar' ('Gott ist groß'), so erklang in anderen Landstrichen der Erde das Mantra 'Om mani padme hum' (Sanskrit: Das wohl bekannteste Mantra, manchmal mit *Oh Du Juwel in der Lotusblüte* übersetzt.) mit dem verängstigte Seelen vergeblich versuchten, sich zu beruhigen.

In Kalkutta versammelten sich zu gleicher Zeit Anhänger der Todesgöttin Kali im *Kalighat-Tempel*, dem hinduistischen Wallfahrtsort, und lauschten den Worten eines ihrer Adepten. Er sprach über den riesigen schwarzen Gesteinsblock, der einer Legende zufolge in einem Fluß gefunden wurde, während andere behaupteten, er sei der Erde entwachsen. Der Prediger rief zur erneuten Verehrung der *Kalima*, der göttlichen Mutter, auf und empfahl die Menschen von Kolkata ihrer Schutzgöttin. Er sprach vom Zorne der Durga, aus deren Stirn sie entsprungen, und von der dunklen Seite *Parvatis (hinduistische Göttin, u. a. Gattin Shivas)*. Er beschwor die Sichel in der Hand Kalis und beteuerte, ihr Kampf richte sich nicht gegen Menschen, sondern gegen Dämonen. Augenpaare blickten zu ihm hin, Menschen hingen an seinen Lippen, so als könne von ihm ein wegweisendes Licht ausgehen, das die unfassbare Finsternis verständlich machte und erhellte.

Auf dem Altiplano Boliviens, im Süden Perus und im Norden Chiles suchten *Aymara* (indigenes Volk in der Region der Anden in Südamerika. Aymara leben in Bolivien, Peru, Chile) ihre Kultstätten auf und brachten der *Pachamama* (gilt Naturvölkern der Anden als Mutter Erde, Ursprung des Lebens, Gottheit) Opfer dar. Dabei wurden sie selbst zu Opfern, denn die Gase, die die Stürme vor sich hertrieben, erreichten sie.

Während die Mächtigen der Erde keine Videobotschaften mehr verschicken, nicht mehr in Live-Interviews vor die Blitzlichter und Scheinwerfer einer begierigen Presse treten konnten, während ihre Worte nicht mehr gehört und ihrer kaum noch gedacht wurde, breitete sich zunehmend Angst über der Menschheit aus, die in vielen ihrer Glieder wie gelähmt war.

Wer gedacht hatte, die Stürme würden sich wieder legen, die Sonne – die so unerklärlich aus dem Rhythmus gekommen schien – würde plötzlich wieder scheinen und alles wieder seinen geregelten Gang gehen, so dass Mit- und Nachwelt bald auf ein höchst seltsames Naturphänomen zurückblicken könnten, sah sich getäuscht. Im Gegenteil: Die Stürme nahmen an Heftigkeit zu, so wie ein lang angestauter Zorn ausbricht und weiteren Zorn nach sich zieht. In Klöstern folgten Mönche ihrem Abt und beteten Litaneien, riefen alle Heiligen an oder flehten zum Herzen Jesu um Gnade. In anderen Gegenden der Erde stammelten verängstigte Menschen Worte, mit denen sie – einer vagen Vorstellung folgend – sich an ihre Ahnen wandten, so als könnten die Verstorbenen eine Wende herbeiführen.

Während kommunistische Machthaber in China, Vietnam und Nordkorea versuchten, kaltblütig zu bleiben und ihren Machtapparat zu sichern, während sie sicherzustellen suchten, dass ihr Griff auf Parteikader und Militärs sich nicht lockere, versuchten Techniker vergeblich, Sender des Staatsfernsehens auszustrahlen. Einige der großen Fernsehtürme der Welt waren längst schweren Erdstößen erlegen, der Schwerkraft anheim gefallen und so leicht zu Boden gestürzt wie eine Stricknadel.

Der Apostel Paulus spricht:

Denn wir haben nicht zu kämpfen gegen Fleisch und Blut, sondern gegen die Mächte, gegen die Gewalten, gegen die Weltbeherrscher dieser Finsternis, gegen die Geister der Bosheit in den Lüften.

(Eph 6, 12).

Rom

In Rom trafen Feinde Christi und der Kirche Vorbereitungen, um ihren großen Plan zu verwirklichen, den Papst und die Priester zu töten und an Stelle des Nachfolgers Petri einen Antichristen als Oberhaupt einzusetzen. Währenddessen öffnete sich, begleitet von den unsagbaren Schreien der Verdammten und peinvollem Jubel der Dämonen, das erste Tor der Hölle. Nun, da die Feinde Christi ihre große Stunde gekommen sahen, erkannten die mächtigen Engel, die den Eingang zu den Pforten der Hölle überwachten, dass die Zeit gekommen sei, in der den Mächten der Finsternis für kurze Zeit volle Freiheit gegeben werde. Während keiner der Verdammten die Hölle verlassen durfte, verließen gefallene Engel, die Mächte der Finsternis, in großer Zahl ihren Bestimmungsort.

So wie eine tödliche Krankheit plötzlich auftritt und sich – zunächst unbemerkt – schnell ausbreitet, so schwärmte ein ungeheures Heer von Dämonen aus und folgte in Scharen ihren mächtigen Anführern. Zeitgleich gab der Erzengel Michael das Signal für Legionen von Engeln, die mit ihm und den Erzengeln Gabriel und Raphael herabstiegen und den Kampf aufnahmen. Längst waren auf den ersten apokalyptischen Reiter weitere gefolgt. Während die Luft von den Flüchen und Verwünschungen widerhallte, die die Dämonen in vielen Sprachen ausstießen, begannen erneut starke Ströme feurigen Regens niederzugehen.

Feuerregen fiel und fiel auf die Länder der Erde, heftiger Regen stürzte auf Flüsse und Meere, Regen aus Feuer ging nieder über den Kontinenten. Was kein Mensch hätte vorhersehen können, war die unglaubliche Verwandlung des Regens, bevor er die Erde berührte. Kriechendes Getier und Ungeziefer, Würmer und andere Gestalten, die auf Erden unbekannt waren, materialisierten sich und breiteten sich langsam aus, krochen, strömten und flogen in alle Richtungen.

Und die Dämonen sahen ihre Stunde gekommen: So wie ein Schwarm von Insekten als Plage über ein Feld hereinbricht, sich gierig auf Getreidefelder niederlässt, über Ähren hereinfällt und hartnäckig und zielsicher sein zerstörerisches Werk ausführt, so schwärmten nun die bösen Geister aus, deren Existenz so viele geleugnet und für Ammenmärchen, für alberne Geschichten aus dem Mittelalter erklärt hatten. Sie zogen aus und warfen große Schatten, sie schwärmten aus auf der Suche nach Opfern, die längst zu ihnen gehörten, sie fielen ein über Dörfer und Städte, über Länder und Kontinente. Sie, die einst, vor unvorstellbar langer Zeit, zu den Chören der Engel gezählt wurden, sie, die nach ihrem Sturz aus dem Himmel im Abgrund der Hölle im Bösen erstarrt waren, sahen ihre große Stunde gekommen.

Bald verübten sie unsichtbar, aber deutlich wahrnehmbar ihr Werk, bald erschienen sie in Gestalten, die Einzelne sehen konnten, und führten so den augenblicklichen Tod ihrer Opfer herbei.

Es waren Gestalten, wie sie die Erde noch nie gesehen hatte, die die kühnsten und schrecklichsten Phantasien eines Malers wie *Hieronymus Bosch* als harmlose Vorstudien erscheinen ließen, Gestalten, die das Blut buchstäblich in den Adern derer gefrieren ließen, die sie sehen mussten, damit sich ein Urteil an ihnen vollstrecke. Dämonen niederer Ränge bekamen den Befehl, die kürzlich Verdammten mit sich in die Hölle zu ziehen, deren Tore nicht mehr von Engeln bewacht wurden. Dann schwärmten sie wieder aus und empfingen neue Befehle.

Während eine ihrer Scharen in Rom denen half, die dem Papst nach dem Leben trachteten, sie zu neuem Hass gegen ihn, gegen Priester, Kirche und Christen anstachelte, bekamen andere den Befehl, sich Häusern zu nähern, in denen sie die erkannten, die bereits zu ihnen gehörten. Und es begann sich ein geistiges Licht auszubreiten, in dem viele plötzlich, von innen her, den wahren Zustand ihrer Seele durch und durch erkannten und im Anblick der eigenen Bosheit und Schuld von solchem Entsetzen ergriffen wurden, dass sie vor Schmerz darüber augenblicklich starben.

Der Prophet Habakuk klagt:
Wohin ich blicke, sehe ich Gewalt und Misshandlung, erhebt sich

Zwietracht und Streit. Darum ist das Gesetz ohne Kraft und das Recht setzt sich gar nicht mehr durch.

Die Bösen umstellen den Gerechten und so wird das Recht verdreht.

(Habakuk 1, 3-4).

San Francisco – Verbergt euch in einem Haus…

Grace griff erneut nach seiner Hand.

"John, du bist schon so lange still. Was denkst du?"

"Ich denke, wie gut, dass wir zusammen sind. Nicht auszudenken, wenn jeder von uns jetzt allein wäre."

Er dachte kurz nach und sagte:

"Es war seltsam…, ich hatte auf einmal das Gefühl, dass ich in dieses Haus gehen soll. So als ob es mir jemand gesagt hätte. Stell dir vor, wenn wir das Haus nicht entdeckt hätten. Wo wären wir jetzt? Wie konnte ich ahnen, dass eine Tür offen stand und es nicht bewohnt war?"

"Vielleicht hat es dir jemand gesagt…Aber *wer*?"

"Das habe ich mich auch gefragt. Ich hörte deutlich: *Verbergt euch in einem Haus, das ich euch zeigen werde*. Aber nicht so, wie man normalerweise hört. Ich hörte es innen."

"Glaubst du an Engel?"

"Ich weiß nicht. Man sagt, dass jeder einen Schutzengel an der Seite hat. Vielleicht war Er es?"

"Mittlerweile glaube ich es fast, John. *Ja*, es wird dein Engel gewesen sein! Wo wären wir sonst? Ich will besser nicht daran denken, John. Vielleicht wären wir längst tot, vielleicht wären wir zusammen gestorben. Wie viele werden tot sein, wie viele? Wir sollten deinem Engel danken."

Für einen Moment war es still. Von draußen her waren immer noch diese furchtbaren Stimmen zu hören. Erstaunlich, dass man sie hört, dachte Grace, wo doch der Sturm so wütet. Es muss ein Orkan sein. Aber seit kurzer Zeit hatte sie den Eindruck, dass die Stimmen sich etwas entfernt hatten. Auch ihre Angst, dass die Wesen, die diese

Stimmen von sich gaben, in die Wohnung eindringen könnten, war etwas zurückgegangen.

"John, wie lange wird es noch finster sein? Ich halte diese Dunkelheit nicht mehr aus. Selbst wenn der Sturm und die Beben aufhören, wie sollen wir leben in dieser Dunkelheit? Wir müssen doch wieder aus dem Haus. Das Essen, das wir gefunden haben, hält nicht ewig. Ich darf gar nicht daran denken, was wir draußen antreffen werden. Wir können doch nicht ewig herumirren in dieser Nacht."

Sie schluchzte erneut auf und lehnte ihren Kopf an seine Schulter.

"Ich weiß es auch nicht, Grace."

Er überlegte, was er sagen könnte, um sie zu beruhigen.

"Vielleicht gibt es ja Hoffnung. Warum hätte uns der Engel sonst in dieses Haus geführt?"

"Ja, du hast Recht. Wir können uns jetzt nicht mehr selbst helfen, glaube ich."

Grace schrak auf.

Auf einmal waren die Stimmen wieder ganz nah und deutlich zu hören. Es hörte sich an, als versuchte jemand, in die Wohnung einzudringen.

"Engel, der uns hierher geführt hat, schütze uns! Bitte, hilf uns jetzt!"

Grace war selbst überrascht über die kräftige Stimme, mit der sie den Hilferuf formuliert hatte. Noch überraschter waren beide, als sie gewahr wurden, dass die Stimmen von draußen plötzlich verstummt und auch danach nicht mehr zu hören waren.

Dann verschließt alle Türen und Fenster und sprecht mit niemandem außerhalb des Hauses.

Und es erschien eine große Stadt…

im Osten von Deutschland, die manche als Welthauptstadt des Atheismus bezeichneten. In einem Teil ihrer Bewohner schien der Unglaube zu triumphieren, Gleichgültige und auch Feinde von Glaube und Kirche hatten sich in ihr eingerichtet. War Moses vergeblich vom Berg herabgestiegen? Seine Gesetzestafeln stießen in diesen Kreisen auf Ablehnung. Man drehte sie auf den Kopf, zerbrach sie und warf die Scherben weit weg. Der Glanz auf dem Antlitz des Propheten störte, so wie die Sonne unangenehm werden kann.

Auch Christus und die Evangelien hielten viele für nicht zeitgemäß, für längst vergangene Geschichten, in Büchern begraben. Christus, der Anspruch auf absolute, überzeitlich gültige Wahrheit erhob, überdies noch behauptete, die Wahrheit in Person zu sein, forderte heraus. So drehten sie ihm den Rücken zu oder verhöhnten ihn und den Nachfolger des Apostels Petrus. So, von der Wahrheit scheinbar befreit, nannte man die aus der Verweigerung geborene Willkür *Freiheit*. Man agierte unter dem Deckmantel *Toleranz* und wurde selbst höchst intolerant, wenn jemand nicht bereit war, im Hinblick auf Christus ihren Forderungen zuzustimmen. Nun musste die Welt erfahren, wie dunkel es in ihr war. Ganze Straßenzüge und Viertel verwandelten sich in Friedhöfe.

Der Erzbischof von Berlin verließ in Begleitung seines Weihbischofs und polnischer Priester, die bei ihm zu Gast waren, seine Wohnung. Er eilte in die St. Hedwigs-Kathedrale, wo schon Ordensleute und viele Menschen guten Willens versammelt waren, die es in dieser Stadt auch in großer Zahl gab. Lichter geweihter Kerzen erhellten den Raum. Manche suchten nun die Kapellen auf – wie die *Bernhard-Lichtenberg-Kapelle*, die *Grab-* oder *Marienkapelle* – andere bevorzugten die Nähe des Hauptaltares.

Sie alle ließen nicht nach, den Himmel mit Gebeten zu bestürmen. Legionen von Engeln antworteten ihnen und lieferten sich einen erbitterten geistigen Kampf mit den Mächten der Finsternis. Zugleich eilten sie überall in der Stadt Menschen zu Hilfe, gaben ihnen Gedanken der Hoffnung ein, richteten auf, beschützten und stärkten sie. Scharen von Dämonen schwärmten in alle Richtungen aus. Wie es ein Leichtes für sie war, eine ihrem Wesen entsprechende materielle Gestalt anzunehmen, so auch, die zu finden, die sich von ihnen bereitwillig inspirieren ließen.

Menschen, die es nicht mehr schafften, sich in Häusern in Sicherheit zu bringen, irrten umher, bis sie ein Opfer des Feuerregens und der von Stürmen transportierten giftigen Luft wurden. Andere starben beim Anblick der Dämonen, die sich ihnen unvermittelt in scheußlichen Gestalten zeigten. Sie klopften an Türen, imitierten Stimmen von vermissten Angehörigen, baten flehentlich um Einlass, drangen in Häuser ein. Wer ihnen ahnungslos öffnete und sie zu Gesicht bekam, starb in kurzer Zeit aus Angst und Entsetzen. Die Dämonen weideten sich am Sturz vieler Seelen in die Hölle und an der unsagbaren Qual, die aus ihren Schreien über das Urteil der Verdammnis sprach.

Der Alexanderplatz, der, vor Ausbruch der globalen Finsternis, im Umkreis der Cafés, Restaurants und der Grünanlage ein Bild unbeschwerter Daseinslust bot, lag verlassen da. Die Zeit der 360-Grad-Panoramen vom oberen Ende des Fernsehturms aus, die Zeit grandioser Rundblicke aus über 200 Metern Höhe, war vorbei. Nun raste kein Aufzug mehr mit 6 Metern pro Sekunde nach oben zur Aussichtsetage. Wer noch in Höhe des Cafés oder der Panoramaetage feststeckte und nach unten wollte, sah sich mit einer schrecklichen Tatsache konfrontiert: Die beiden Aufzüge ließen sich nicht mehr bewegen. Waren die Schwingungen des Turms durch ausgeklügelte Technik normalerweise kaum wahrnehmbar, so geriet er nun immer stärker ins Schwanken.

Besucher der oberen Etage, die vor Ausbruch der globalen Ereignisse noch atemberaubende Ausblicke genossen hatten, erlebten nun Ausblicke, die ihnen auf ganz andere Art den Atem nahmen: Kein Licht leuchtete mehr im ganzen Turm, während draußen das Heulen immer stärkerer Stürme zusehends von feurigem Regen begleitet wurde, ein Szenarium, das allein schon Entsetzen erregte und vom Aufkommen feuerroter Wolken nochmals gesteigert wurde. Die Schreie im Inneren des Fernsehturms fanden ihr Echo nur in weiteren Schreien, während Bewegung entstand und Einzelne versuchten, auch ohne Aufzüge nach unten zu gelangen. Die Antennenspitze hielt dem ungeheuren Ansturm nicht lange stand:

Sie schwankte immer stärker, bis erste Brüche entstanden, die ihr Schicksal einleiteten. War die Schwingung in Höhe der Aussichtsetage an normalen Tagen kaum spürbar, so geriet sie nun umso stärker ins Schwanken. Als wäre der gewaltig in die Höhe aufragende Turm mit seiner Gesamthöhe von fast 370 Metern nicht mehr als ein Ast, so brach und knickten ihn die gewaltigen, von unheimlichem Heulen begleiteten Stürme, bis er, ungeachtet der in seinem Inneren gefangenen Menschen, nicht länger standhielt und in die Tiefe stürzte.

Der Seher Johannes spricht:

Selig, wer prophetische Worte vorliest und wer sie hört und sich an das hält, was geschrieben ist; denn die Zeit ist nahe. Siehe, er kommt mit den Wolken, und jedes Auge wird ihn sehen, auch alle, die ihn durchbohrt haben; und alle Völker der Erde werden seinetwegen jammern und klagen. (Offb 1, 3, 7).

Frankfurt am Main

Mainhattan: Wem es zu dieser Stunde möglich gewesen wäre, die Stadt mit Beleuchtung aus der Höhe zu sehen, der hätte sie in einigen Gebieten kaum noch wiedererkannt: Die riesigen Banken, die Kathedralen der Neuzeit mit ihren glänzenden Fassaden, die hoch aufragenden Tempel der Finanzwelt, die das Panorama der Stadt bestimmten, als wären sie Gotteshäuser, sie standen nicht mehr. Als habe des Nachts auf einem Friedhof ein Rasender seine Wut an Grabsteinen ausgelassen, sie umgestürzt, sie zu Boden getreten, so bedeckten rauchende Trümmer aus Material, Schutt und Asche den erschütterten Boden. Einige der Banken, wie Bauklötze umgestoßen, hatten Häuser und Menschen unter sich begraben. Ein verwüstetes Areal breitete sich aus, in dem zuvor dem Götzen Geld, der Spekulation und dem möglichst hohen Gewinn gehuldigt wurde. Nun aber trat auch der Main, von Beben und Stürmen aufgepeitscht, wie ein riesiges Reptil, das aus trägem Halbschlaf geweckt wurde und deshalb gereizt ist, machtvoll über die Ufer.

Die dritte Nacht

Während ein großer Teil der noch lebenden Menschheit, von großer Bangigkeit und Angst erfasst in dunklen Räumen kauerte und unaufhörlich den Geräuschen schwerer Stürme, von Feuerregenfällen, Blitzen, Donner und Beben ausgeliefert war, Engel eine weitere Schale des Zorns ausgossen und die apokalyptischen Reiter in alle Gegenden der weiten Erde sprengten, war die dritte Nacht hereingebrochen. Nacht…, welche Bedeutung hatte dieses Wort nun, da alles in Nacht getaucht war und keine Sonne, kein Mond, keine Sterne mehr schienen, da das Licht, das den Erdkreis bisher so überaus großzügig – und ohne eine Gegengabe zu erwarten – erleuchtet hatte, für immer verschwunden schien.

Überall waren Stimmen, war ein Stimmengewirr zu hören, wie es auf Erden noch nie gehört worden war. Chöre von Engeln drangen durch Geschrei von Dämonen, Gebete guter Menschen stiegen auf und kreuzten sich mit Flüchen derer, die auf Seiten der Finsternis standen.

Doch nun, in der dritten Nacht, bemerkten viele, dass die Erdbeben und der Feuerregen auf einmal nachließen und nach einiger Zeit aufhörten. Es herrschte tiefe Finsternis, auch das Brausen der Stürme und das Heulen der Winde war zurückgegangen.

Eine Menschheit, die für immer in Finsternis getaucht schien, die in weiten Teilen der Verzagtheit, wenn nicht der Verzweiflung anheimgefallen war, wunderte sich über die eingetretene Veränderung. War es nur die Ruhe vor dem Sturm, sollte noch größeres Unheil über die Erde und ihre Bewohner hereinbrechen? Was bedeuteten noch Worte wie Tag und Abend, Morgen und Nacht? Waren nicht längst alle Begriffe in ein Wort – in Nacht – verschmolzen? In eisige, stürmische, bebende, Feuer regnende, todbringende Nacht?

So wie in einer gänzlich dunklen Kathedrale *auf einmal* die Osterkerze entzündet wird, das Licht von Kerze zu Kerze weitergereicht und schlagartig auch alle anderen Lichter entzündet werden, um den Triumph der Auferstehung Christi, des Lichtes über die Finsternis, zu illustrieren, so erfasste nach einigen Stunden einen Teil der Menschheit das Licht, das von der unverhofft und mit Macht aufgegangenen Sonne hereinbrach. Ihr Licht durchbrach die Finsternis und überwand sie, so wie Christus den Tod besiegt hatte und aus dem Grabe auferstanden war. Legionen von Engeln stiegen herab, sangen herrliche Chöre und ein Geist des Friedens breitete sich wie in Wellen unwiderstehlich über der ganzen Erde aus, bis das Licht nach und nach alle Länder der Erde erreichte.

Wer überlebt hatte, wurde von unbeschreiblichem Jubel und unermesslicher Dankbarkeit erfüllt. Nur langsam, wie geblendet, wagten sich die Menschen, die überlebt hatten, aus ihren Häusern. Trafen sie unterwegs auf andere, lagen sie sich in den Armen und erlebten ein Gefühl der Verbundenheit, das bisher unbekannt war. Zu diesem Zeitpunkt wussten sie noch nicht, dass ein Drittel der Menschheit umgekommen war.

+ + + + + +

Nachwort

Mancher hat wohl schon von der dreitägigen Finsternis gehört, die im „Lied von der alten Linde", von Pater Pio und vielen anderen Sehern vorhergesagt worden ist, aber so richtig vorstellen mag man sich dieses Ereignis nicht, da es doch allzu schrecklich erscheint.

Nun aber hat es Paul Baldauf gewagt, uns das kommende Unheil in einer anschaulichen Geschichte vor Augen zu führen. Er malt sich aus, was wohl in San Francisco und New York, in London und auf Malta, in Seoul und Havanna, in Mexico, Jerusalem, Rom und Berlin geschehen wird, wenn das Unheil wie ein Vorbote des Jüngsten Gerichts über die Welt hereinbricht und ein Drittel der Menschheit dahinrafft.

Es ist nur ein Zukunftsroman, gewiss, eine Art Science-Fiction, und doch lässt sich eine solche Geschichte nicht als bloße Fantasie abtun, denn sie beruht ja auf Prophezeiungen, die man ernstnehmen sollte, damit man sich innerlich auf diese Strafe Gottes vorbereiten kann, die nach allem, was man weiß, wohl nicht mehr allzu lange auf sich warten lässt.

Sie wäre freilich abzuwenden, wenn die Menschheit endlich zur Besinnung käme und sich wiederum Gott zuwendete. Aber wer die Welt kennt, wie sie nun einmal ist, kann leider nicht viel Hoffnung haben, dass die vorhergesagte dreitägige Finsternis demnächst nicht doch eintreten wird.

E. J. Huber

Sel. Anna Maria Taigi
Rom, 1769 bis 9. Juni 1837

Von besonderem Wert und Interesse sind die Offenbarungen der am 30. Mai 1920 selig gesprochenen Familienmutter, die sieben Kindern das Leben schenkte, Anna Maria Taigi. Seit ihrer Bekehrung sah sie in einer geheimnisvollen Sonne über ihr jedes Geheimnis, auf das sie ihre Gedanken richtete, Nahes und Fernes gleich gegenwärtig (Kalixt: La vénerable Anna Maria Taigi. Verlag Kloster Lerfroid 1870). Eine Selig- oder Heiligsprechung bedeutet nur die Bestätigung des heilig- und tugendmäßigen Lebens, nicht aber eine solche von Visionen, die jeder nach wie vor glauben oder auch nicht glauben kann. In den Akten des Kanonisationsprozesses ist auch eine Schauung vom Jahre 1818 aufgezeichnet:

„Gott wird zwei Strafgerichte verhängen:
1. Eines geht von der Erde aus, nämlich Kriege, Revolutionen und andere Übel,
2. das andere Strafgericht geht vom Himmel aus. Es wird über die ganze Erde eine dichte Finsternis kommen, die drei Tage und drei Nächte dauern wird.

Diese Finsternis wird es ganz unmöglich machen, irgend etwas zu sehen. Ferner wird die Finsternis mit Verpestung der Luft verbunden sein, die zwar nicht ausschließlich, aber hauptsächlich die Feinde der Religion hinweggraffen wird. Solange die Finsternis dauert, wird es unmöglich sein, Licht zu machen. Nur geweihte Kerzen werden sich anzünden lassen und Licht spenden.

Wer während der Finsternis aus Neugierde das Fenster öffnet und hinausschaut oder aus dem Hause geht, wird auf der Stelle tot hinfallen. In diesen drei Tagen sollen die Leute in ihren Häusern bleiben, den Rosenkranz beten und Gott um Erbarmen anflehen."

„Alle offenen und geheimen Feinde der Kirche werden während der Finsternis zugrunde gehen. Nur einige, die Gott bekehren will, werden am Leben bleiben. Die Luft wird verpestet sein.

Nach der Finsternis wird der hl. Erzengel Michael auf die Erde herabsteigen und den Teufel bis zu den Zeiten des Antichrists fesseln.

Zu jener Zeit wird sich die Religion überall ausbreiten, und es wird ein Hirt sein, unus pastor.

Die Russen bekehren sich, ebenso England und China, und alles wird jubeln über den Triumph der Kirche."

„Bevor dieser Triumph der Kirche kommen kann", so sagte ihr der Herr, „müssen fünf Bäume an ihren Wurzeln abgeschnitten werden." Und sie sah einen großen Wald und fünf Bäume darin; diese, so sagte ihr der Herr, hätten ganz vergiftete Wurzeln und vergifteten alle anderen Pflanzen. Fünf große Häresien der Neuzeit müßten ausgerottet werden, ehe der Triumph der Kirche anbrechen könne (33; 51).

Nach der dreitägigen Finsternis werden die Irrgläubigen zur katholischen Kirche übertreten und die Katholiken werden ein erbauliches Leben führen (29; 98).

(Offb 6, 12-17; 8, 12-13; 9, 2; 11, 15-19)

Aus dem Buch: „Das steht der Welt noch bevor".

Seher, die eine dreitägige Finsternis ankündigen:

zu 8, 12-13 (= 4. Posaune) und 9, 2 = 5. Posaune) und 6, 12-17

Nach den meisten weltlichen und religiösen Vorhersagen ist die immer wieder erwähnte dreitägige Finsternis nicht auf den Menschen, sondern auf Gottes Eingreifen zurückzuführen. Durch dieses „große Abräumen" soll der Dritte Weltkrieg abgebrochen werden. Das Ereignis, in dessen Verlauf sich die Mächte der Finsternis ihre Opfer holen, soll mitten im Krieg eintreten und den totalen Atomkrieg zwischen den Supermächten verhindern.

Die Seher sind:

Bauer aus dem Waldviertel
Alois Irlmaier
Bernhard Clausi
Marie-Julie Jahenny
Franz Kugelbeer
Mutter Graf-Sutter
Helena Aiello
Josef Stockert
Anna Maria Taigi
Das Lied der Linde
Gräfin Beliante
Theresia Helena Higginson
Palma von Oria

Magdalena Porsat
Elisabeth Canori-Mora
Maria Baourdi
Birgitta von Schweden
Hepidanus von St. Gallen
Spielbähn
Anna Henle
Pater Pio
Elena Leonardi
Mutter „Gemma"
Anna Katharina Emmerich
Caesarius von Heisterbach
Prophezeiungen eines Priesters

Die dreitägige Finsternis

Die dreitägige Finsternis wird von mehreren Sehern angekündigt und beschrieben.

Der Dritte Weltkrieg wird durch Gottes Eingreifen durch eine dreitägige Finsternis - die nicht auf die Menschen und den von ihnen geführten Krieg zurückzuführen ist - abgebrochen. Die Welt wird durch ein großes Feuer geläutert werden. Es wird die Züchtigung des Himmels sein. Damit wird ein endloser Krieg verhindert, denn die Menschen würden die Erde unbewohnbar machen.

Die dreitägige Finsternis ist ein Feuerregen und eine Feuertaufe. Hagel und Feuer = Ein Drittel der Vegetation verbrennt = 1. Posaune (Offb 8, 7).

Ein Drittel der Sonne und des Mondes verfinstert. Durch eine Sonnenfinsternis und die Polwende tritt eine Veränderung der Erddrehung ein = 4. Posaune (Offb 8, 12-13).